우아한 실패자

우아한 실패자

펴 낸 날 2025년 1월 24일

지 은 이 구재윤
펴 낸 이 이기성
기획편집 이지희, 서해주
표지디자인 윤가영
책임마케팅 강보현, 김성욱
펴 낸 곳 도서출판 생각나눔
출판등록 제 2018-000288호
주 소 경기도 고양시 덕양구 청초로 66, 덕은리버워크 B동 1708, 1709호
전 화 02-325-5100
팩 스 02-325-5101
홈페이지 www.생각나눔.kr
이 메 일 bookmain@think-book.com

• 책값은 표지 뒷면에 표기되어 있습니다.
ISBN 979-11-7048-820-0(03810)

구재윤 지음

"내가 가장 많이 실패한 날이 내가 가장 많이 배운 날이었다."

우아한 실패자

생각나눔

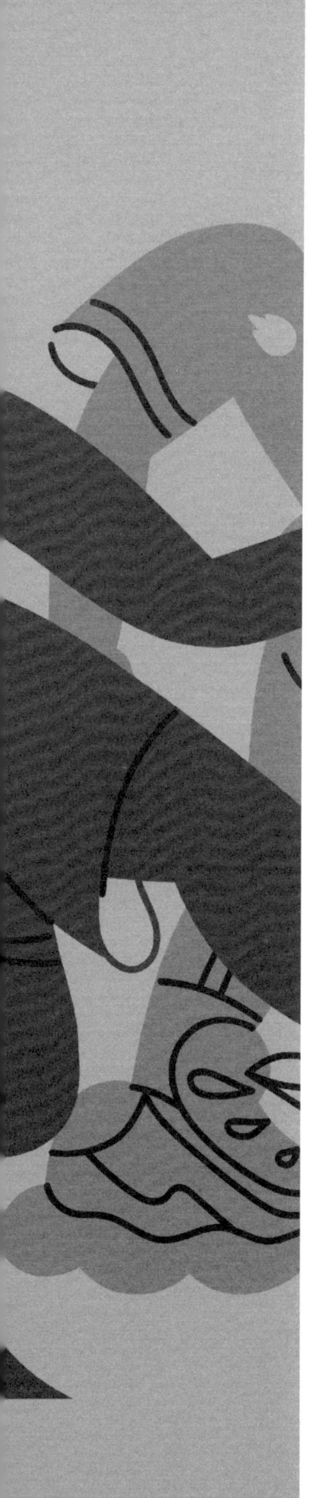

목차

추천사 10

프롤로그
망한 건 내 사업이 아니라 나였다

실패가 성공의 전제 조건이 될 수 있다면? 17

책 읽기, 글쓰기, 달리기: 실패 극복의 3요소 19

그렇다면 무엇을 어떻게 해야 할까? 22

제1장
양화대교에서 처음 죽음을 결심한 날

실패는 누구에게나 찾아온다 25

실패에서 배우지 않으면 진정한 실패다 30

실패는 끝이 아니라 과정이다 35

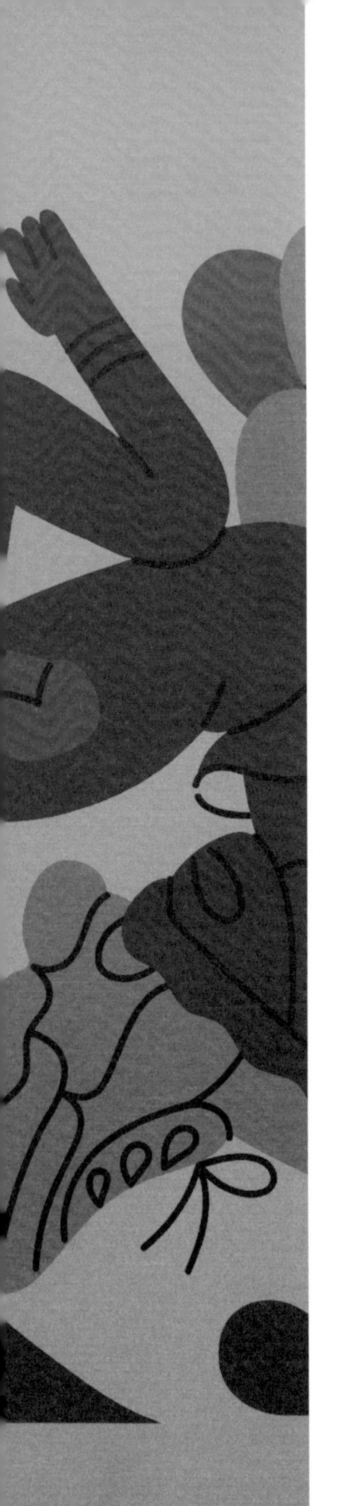

제2장
트리플 법칙, 실패를 넘는 3가지 열쇠

트리플 법칙, 실패를 넘는 3가지 열쇠 38

읽기: 새로운 시각을 얻다 42

쓰기: 생각을 정리하고 표현하는 힘 51

달리기: 신체를 단련하며 정신을 깨우다 60

제3장
실패를 재구성하다 트리플 법칙 실천하기!

시작은 가볍게, 한 걸음부터 68

매일 읽고, 매일 쓰고, 매일 달리기 74

꾸준함이 실패를 성공으로 바꾼다 85

트리플 법칙을 활용한 나만의 성공법 찾기 92

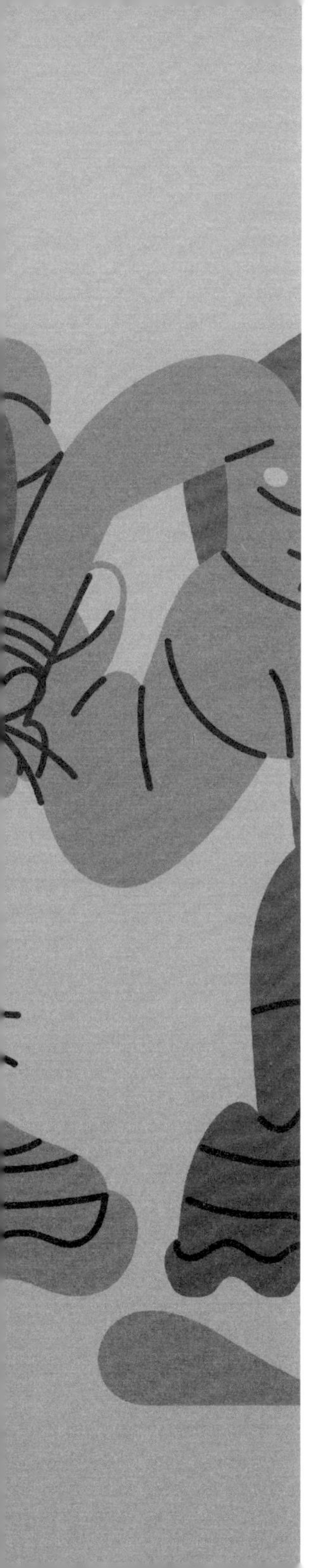

제4장
트리플 법칙으로 흔들리지 않는 인생 만들기

읽기, 쓰기, 달리기를 통해 나를 재건하다 103

실패를 자산으로 바꾸는 방법 112

성공을 위한 매일의 루틴 만들기 125

제5장
실패 후 얻은 교훈들

실패가 준 두 번째 기회 135

실패를 통해 배운 자기 관리의 중요성 141

트리플 법칙의 실천 과정에서
얻게 된 삶의 지혜 148

제6장
트리플 법칙의 장기적인 효과

성공은 단기적인 성과가 아니다 162

읽기, 쓰기, 달리기가 가져오는
지속 가능한 변화 171

신체와 정신의 장기적 변화와 균형 175

실패와 회복, 그리고 신체와 정신의 균형 183

제7장
실패를 극복한 사례들

나의 사례: 음식 장사의 실패를 넘어 186

실패를 극복한 유명 인사들의 이야기 203

독자들의 실천 사례와 변화 217

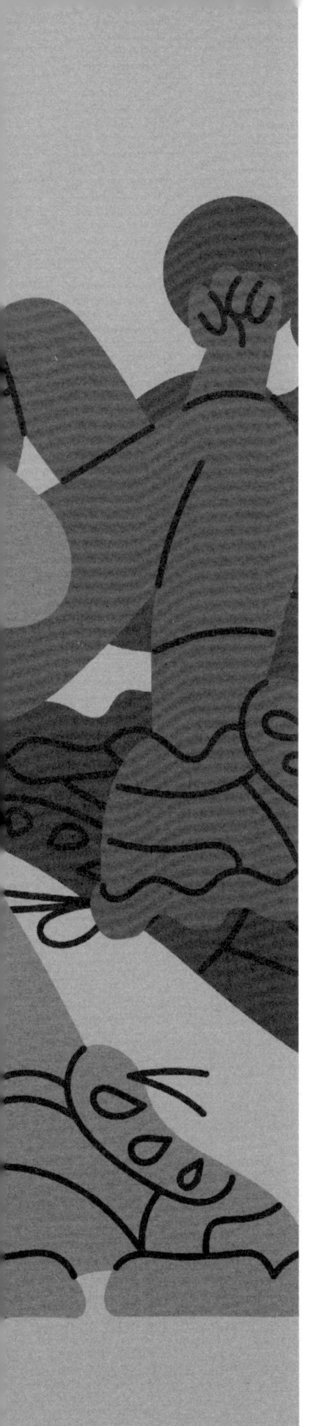

에필로그
당신도 우아한 실패자가 될 수 있다

지금 이 순간, 트리플 법칙을 시작하라 221

읽고, 쓰고, 달리면 인생은 달라진다 223

저는 당신의 이야기를 듣고 싶습니다 226

특별 부록
실패 극복을 위한 참고 자료

책을 추천하기 전 당부의 글… 229

실패를 성공으로 바꿔준 책 리스트 231

실행력을 높여주는 도구와 플랫폼 5가지 240

이 책을 덮기 전에 246

Thanks to 248

우아한 실패를 위한 질문 노트 252

추천사

여러분도 우아한 실패자가 되어보시길 바랍니다

우아한 실패자인 재윤 님을 처음 만난 건 2년 전입니다. 제가 운영하는 뉴지클(뉴지니어스클럽)의 멤버로 합류하면서였죠. 첫 만남에서 "책을 내고 싶다"는 말씀을 들었는데, 이제 이렇게 책이 출간되었다는 소식을 전하게 되어 무척 기쁩니다. 다시 한번 진심으로 축하의 말씀을 드립니다.

이 책을 읽으면서 깨달은 점은, '우아한 실패자'라는 메시지가 단순히 저자의 이야기가 아니라 제 자신과도 연결된다는 점입니다.

"읽고, 쓰고, 달린다."

저는 어려운 환경을 극복하며 **변호사, 회계사, 감정평가사**로서 많은 성과를 이루어냈습니다. 이 과정에서 깨달은 것은, 성공의 진정한 열쇠는 내면의 강인함과 지속적인 실천에 있다는 것입니다. 이 책은 그러한 진리를 아주 쉽고도 강력하게 전달해 줍니다.

책을 읽는 동안 제가 만난 실패와 성취의 순간들이 떠올랐습니다. 어려움 속에서도 한 걸음씩 나아갔던 그 시간들, 그리고 마침내 성과를 이루었을 때의 감격이 이 책 속에서 그대로 살아 숨 쉬고 있었습니다.

사람들은 '실패'라는 단어를 들으면 겁을 먹거나 회피하려고 합니다. 그러나 이 책은 실패를 그 자체가 아닌 희망으로 보이게 만드는 특별한 매력이 있습니다. 트리플 법칙, 즉 읽고, 쓰고, 달리는 실천은 단순하지만, 내면을 단단히 만들고 삶을 바꾸는 강력한 도구입니다.

많은 이들이 성공을 위해 복잡한 방법론에만 집착하지만, 결국 성공은 작은 습관에서 시작됩니다. 저 역시 읽고, 쓰고, 달리는 실천으로 제 삶을 변화시켰고, 재윤 님께서도 이 책을 통해 그 비결을 독자들에게 전하고 계십니다.

책 속에서 가장 마음에 와 닿았던 구절을 인용하자면

"헤매고 있다면 이 책을 읽어라.
마음이 복잡하다면 이 책을 읽어라.
고민이 많다면 이 책을 읽어라."

이 책은 단순히 읽고 끝나는 책이 아닙니다. 행동하게 만들고, 삶을 바꾸게 만드는 힘이 있습니다. 독자로 하여금 잃었던 열정과 용기를 되찾게 하고, 새로운 시작을 위한 첫걸음을 내딛게 합니다.

마지막으로 이 책을 집어 든 모든 독자에게 진심으로 전합니다. 트리플 법칙은 실패를 극복하는 최고의 도구입니다. 그리고 여러분도 우아한 실패자가 되어보시길 바랍니다.

올해 꼭 읽고 느끼고 실천해 봐야 할 책으로 강력하게 추천합니다.

고시 3관왕 법무법인
필 파트너 변호사 곽상빈

당신의 실패가 단순히 끝이 아니라 더 나은 시작이 되기를

살다 보면 모든 게 뜻대로 풀리지 않을 때가 있습니다. 저도 예외는 아니었어요. 코로나 이후 사업이 흔들리면서 실패와 좌절을 겪었습니다. 큰 실패까지는 아니었지만, 이후부터는 매 순간이 답답하고 지쳐만 갔습니다. 노력해도 뭔가 제자리인 것 같고, 점점 새로운 무언가를 도전하는 게 두려워졌죠. 그냥 이렇게 흘러가는 대로 살아야 하는 걸까, 자주 스스로에게 묻곤 했습니다. 그러다 우연히 지금의 저자를 만나게 되었습니다.

그 첫 만남이 잊히지 않습니다. 단단함과 묵직함이 묻어나는 그의 말투와 태도는 마치 실패를 두려워하지 않는 사람처럼 보였죠. 그런데 그의 이야기를 듣고 저는 깜짝 놀랐습니다. 저보다 더 깊고 큰 실패를 겪었던 사람이었습니다. 6억 원의 빚에서 시작해 모든 걸 다시 세운 그의 여정은, 단순한 성공 스토리를 넘어 진짜 삶의 무게를 마주하며 성장한 이야기였습니다.

그의 삶과 철학을 알게 되니 자연스럽게 그의 책이 궁금해졌고, 그 책은 제가 넘어져 있던 자리에서 다시 일어설 용기를 주었습니다. 지금도 그의 이야기는 제 삶의 중요한 나침반이 되어주고 있습니다.

이 책은 단순히 '실패는 성공의 어머니'라는 진부한 이야기를 하는 것이 아닙니다. 저자가 직접 경험한 생생한 이야기와 그 안에서 스스로 깨달은 통찰이 담겨있어요. 특히 6억 원의 빚이라는 믿기 어려운 상황에서도 희망의 끈을 놓지 않고, 오히려 그 절망을 발판 삼아 성장해 나간 저자의 여정은 저를 포함해 많은 이에게 진정한 용기를 전해줍니다.

책에서 강조하는 세 가지 키워드, 읽기, 쓰기, 달리기는 얼핏 보면 당연한 말처럼 느껴질 수도 있어요. 하지만 그 안에 담긴 힘과 의미는 정말 놀랍습니다. 저 역시 다시 일어서는 과정에서 이 세 가지를 활용하면서 큰 도움을 받았기에, 이 책의 메시지에 깊이 공감할 수 있었습니다.

읽는 것은 단순히 정보를 얻는 것을 넘어 새로운 시각을 열어줍니다. 글을 쓰는 과정에서는 내 마음을 진정으로 들여다볼 수 있죠. 그리고 달리기는 몸과 마음을 모두 새롭게 만들어주는 소중한 시간이었습니다. 저자가 제안한 이 방법들은 실패에서 벗어나 다시 한번 나아가고자 하는 사람들에게 꼭 필요한 도구가 되어줄 겁니다.

무엇보다 이 책이 특별한 이유는, 독자를 다그치거나 조급하게 하지 않는다는 점이에요. 실패를 극복하는 데는 시간이 필요하다는 것을 존중하면서도, 결국 우리는 다시 일어설 수 있다는 믿음을 끝까지 놓지 않게 만들어줍니다. 저도 이 책을 읽으며 '나도 다시 시작할 수 있구나.'라는 용기를 얻었습니다. 마치 저자와 함께 손을 맞잡고 한 발 한 발 걸어가는 느낌이 들었어요.

지금 실패로 인해 힘든 시간을 보내고 계신가요? 혹시 앞으로 나아갈 용기를 잃어버린 것 같나요? 그렇다면 이 책을 꼭 펼쳐보세요. 저처럼 한 걸음씩 천천히 내딛다 보면 어느새 다시 빛이 보이기 시작할 겁니다. 삶의 소중한 교훈과 따뜻한 응원이 담긴 이 책이 당신에게도 새로운 시작을 만들어 줄 것이라 믿습니다.

당신의 실패가 단순히 끝이 아니라 더 나은 시작이 되기를 바라며, 이 책을 강력히 추천합니다. 당신도 꼭 느껴보세요.

주언규(구신사임당)의 비즈니스 PT

마스터 트레이너 엄광용

프롤로그

망한 건 내 사업이 아니라 나였다

"실패는 성공에 맛을 더해주는 양념이다."
트루먼 카포티

실패가 성공의 전제 조건이 될 수 있다면?

누구나 인생에서 실패를 겪는다. 나도 마찬가지였다. 15년 동안의 군대 생활 후, 나는 평범한 삶을 벗어나 새로운 도전에 나섰다. 음식 장사였다. 군대에서 쌓아온 리더십과 끈기, 성실함만으로 충분히 성공할 수 있으리라 믿었다. 그러나 그 믿음은 얼마 지나지 않아 산산조각이 났다.

매출은 나아질 기미가 없었고, 나는 끊임없이 고객을 끌어들이기 위해 노력했지만, 결과는 기대와 정반대였다. 실패가 점점 다가온다는 사실을 느낄 때마다, 나는 무엇이 잘못되었는지를 고민했다. 그 과정은 단순한 고난이 아니었다. 그것은 내 자신을 재정립하고, 내가 누구인지를 깊이 고민하는 중요한 계기였다.

장사는 결국 망했다. 퇴직금으로 시작한 장사는 그저 실패로 끝나지 않고, 6억 원이라는 막대한 빚을 남겼다. 이 빚을 인정하는 데에도 꽤 많은 시간이 걸렸다. 그 압박감은 내 삶 전반을 뒤흔들었고, 더 나아갈 힘을 앗아갔다. 혼자 힘으로 그 빚을 갚는 데 8년이라는 긴 시간이 걸렸고, 그중 2년은 술에 의지해 현실을 외면했다. 술잔에 빠져 지내며 나는 희망이 보이지 않는 깊은 구렁에 빠져있었다. 그때는 숨을 쉬는 것조차 힘든 나날들이 이어졌다.

혹시 이 글을 읽고 있는 당신도 그때의 나와 비슷한 감정을 느끼고 있을지 모른다. 내가 느꼈던 그 실패의 쓰라림, 절망, 그리고 무기력함. 나는 당신의 마음을 충분히 이해한다. 실패는 고통스럽다. 절망적이다. 그리고 그 과정에서 모든 것을 잃은 듯한 느낌에 빠지기 쉽다. 하지만 나는 그 절망의 끝에서 중요한 진실을 깨달았다. 성공은 수많은 실패 뒤에 찾아온다.

실패는 단순히 우리가 부족하다는 것을 보여주는 것이 아니다. 실패는 우리가 더 나은 길로 나아가도록 인도하는 과정이다. 실패가 없다면 성공도 없다는 사실을 받아들이기까지 오랜 시간이 걸렸지만, 이 깨달음은 내 인생을 변화시켰다.

책 읽기, 글쓰기, 달리기: 실패 극복의 3요소

나는 당신에게 큰 성공을 이루었다고 말할 수는 없다. 하지만 나는 실패를 극복하는 과정에서 중요한 깨달음을 얻었다. 실패는 단순히 우리의 부족함을 보여주는 것이 아니라, 우리가 무엇을 바꿔야 하고, 어떻게 나아가야 할지를 가르쳐주는 나침반과 같다는 사실이다.

내가 음식 장사에서 실패했을 때, 그 실패는 나를 무너뜨리지 않았다. 오히려 그 실패 속에서 새로운 기회를 찾았다. 나는 내가 한때 실패했던 음식 장사를 트레이닝하는 일을 시작했고, 그로 인해 새로운 성공을 이루었다. 실패를 반대로 하면 성공이 된다는 진리를 깨달은 순간이었다.

이 책에서 나는 나의 실패 경험을 바탕으로, 어떻게 실패를 극복하고 성공으로 나아갈 수 있는지에 대한 구체적인 방법을 이야기하려 한다. 내가 발견한 가장 중요한 세 가지 도구는 바로 책 읽기, 글쓰기, 그리고 달리기다. 이 세 가지는 단순한 습관이 아니다. 이들은 실패를 극복하고, 인생을 새롭게 설계하는 데 필수적인 도구들이다.

1) 책 읽기

책을 읽으면 우리는 새로운 시각을 얻는다. 실패의 순간에서 벗어나기 위해 가장 먼저 필요한 도구는 책이다. 나는 다양한 분야의 책을 읽으면서 사고를 확장했고, 그 과정에서 나의 실수를 재해석했다.

2) 글쓰기

글을 쓰면 우리는 혼란스러운 감정을 정리할 수 있다. 나는 나의 실패를 글로 적어내려 가면서 나 자신을 마주하게 되었다. 글쓰기는 내가 놓쳤던 부분을 다시 보게 해주었고, 실패 속에서 무엇을 배워야 할지를 명확하게 해주었다.

3) 달리기

신체를 단련하며 정신을 깨우는 활동이다. 달리기는 단순한 운동이 아니라, 나에게 자신감을 주고 매일을 이겨낼 수 있는 힘을 주었다. 신체적 피로를 넘어 정신적 강인함을 길러주는 가장 좋은 도구였다.

이 세 가지는 내가 실패를 극복하는 데 결정적인 역할을 했다. 책 읽기, 글쓰기, 달리기를 통해 나는 내 삶을 다시 설계할 수 있었고, 절망에서 벗어나 새로운 길을 걸을 수 있었다.

실패는 끝이 아니라 새로운 시작이다. 당신이 지금 겪고 있는 실패는 끝이 아니다. 실패는 단지 하나의 과정일 뿐이다. 이 책은 내가 실패 속에서 발견한 기회를 바탕으로, 당신에게도 같은 기회를 제공하기 위해 쓰였다.

실패를 극복하고 성공으로 나아가는 구체적인 방법을 제시할 것이다. 더 이상 실패를 두려워하지 말자. 실패의 순간에서 배울 것이 있다면 그것을 반드시 배워야 한다. 그 실패가 당신을 성공으로 이끌기 위한 발판이 될 것이다.

그렇다면 무엇을 어떻게 해야 할까?

'책 읽기, 글쓰기, 달리기'라는 세 가지 도구를 사용해 당신의 삶을 다시 설계해 보자. 이 세 가지 도구는 누구나 실천할 수 있으며, 꾸준히 반복하면 반드시 변화를 가져온다. 나는 그것을 몸소 경험했다. 그리고 당신도 그것을 경험할 수 있다.

실패는 누구나 겪는다. 그러나 그 실패를 어떻게 대하느냐가 성공의 갈림길을 만든다. 이제 그 실패를 뒤집어 당신만의 성공을 만들어 보자. 길고 어두운 터널을 지나야 할지도 모른다. 하지만 나는 당신과 함께 그 길을 걸으며, 나의 실패 경험이 당신에게 성공의 기회가 될 수 있음을 믿는다. 당신은 이미 첫걸음을 내디뎠다.

이 책에서 나는 당신도 알고, 나도 아는 그런 이야기를 할 참이다. 소위 말해 누구나가 알 법한 이야기들이다. 다만 누구나 알고 있다고 해서, 누구나 실천하지 않는다. 반복적으로 강조되는 말이 있다. 아마 이 책을 덮을 때까지 지겹게 읽어 내려갈지도 모르겠다. 내가 이 책에서 작은 성공, 꾸준함 등등 몇 개의 키워드를 반복하는 이유는 바로 당신의 그 실천력을 높이기 위함이다.

본격적으로 책이 시작되면 그 이유와 근거에 대해 자세히 이야기하겠지만, 서두에 미리 밝히는 이유는 너무 쉽다고, 뻔한 이야기라고 그냥 넘기지 않았으면 하는 마음에서다. 우리가 실패하고 좌절하는 이유를 근본적으로 파헤쳐 보면 누구나 아는 그런 뻔함을 실천하지 않아서이기도 하다. 이 책을 통해 누구나 알고 있고 뻔한 그런 이야기들이 당신의 인생이 어떻게 변화할 수 있는지 함께 확인해 보자.

준비되었는가?

이제 마음 단단히 먹고, 길고 긴 어둠의 터널을 함께 헤쳐 나가보자. 나의 실패가 당신에게는 성공의 기회가 될 수 있음을 기억하길 바란다.

"당신의 긍정적 생각이 우리를 실패에서 성공으로 이끌어 줄 것이다."

제1장

양화대교에서 처음 죽음을 결심한 날

"성공이 영원한 것이 아니고, 실패가 치명적인 것도 아니다.
중요한 것은 계속해 나가는 용기다."
- 윈스턴 처칠

실패는 누구에게나 찾아온다

당신은 행복한가? 아니면 불행한가? 삶에 만족하고 있는가? 아니면 불만이 가득한가? 당신은 삶의 의미와 목적을 찾았나? 아니면 여전히 방황하고 있는가? 우리는 살아가면서 수없이 많은 질문과 마주한다. 이 질문들에 어떻게 대답할 수 있을까? 아마도 많은 사람이 행복보다는 불행, 만족보다는 불만, 의미보다는 방황을 더 많이 느낄 것이다. 그렇다면 왜 우리는 이런 삶을 살고 있는 걸까? 당신은 지금 그 질문에 어떻게 답하고 있는가?

나는 지금은 행복하다. 하지만 이 행복은 내가 처음부터 누렸던 것이 아니었다. 나 역시 불행에 익숙해져 살아왔던 시절이 있었다. 어린 시절 아버지의 학대는 나에게 큰 상처를 남겼다. 어머니는 결국 나와 누나를 두고 떠났다. 나는 그때, 어머니의 떠남이 아버지의 학대에서 벗어나기 위한 최선이라고 생각했었다. 당신은 혹시 이런 상처를 겪어본 적이 있는가? 나와 같은 경험이 아닐지라도, 마음속 깊은 곳에서 무언가가 무너져 내리는 순간을 말이다.

어머니가 떠난 후, 아버지의 학대는 더 심해졌다. 나는 더 이상 견딜 수 없어 도망치듯 군대에 입대했다. 그곳에서의 안정은 잠시나마 나에게 안식을 주었지만, 진정한 의미에서 나를 구원해 주지는 못했다. 당신은 지금 어디에서 안식을 찾고 있는가? 그 안식이 당신을 지켜주고 있는가, 아니면 그저 외면하게 만들고 있는가?

전역 후, 나는 새롭게 음식 장사를 시작하며 인생의 변화를 꿈꾸었다. 하지만 현실은 잔인했다. 사업은 실패했고, 수억 원의 빚만 남았다. 나는 점점 고립된 존재처럼 느껴졌고, 더 이상 어디로 가야 할지 알 수 없었다. 혹시 당신도 지금 그런 순간을 겪고 있는가? 무엇을 해도 모든 것이 엉망처럼 느껴지고, 돌이킬 수 없는 실패로 여겨지는 순간 말이다.

결국 나는 도망치기로 결심했다. '한국을 떠나자.' 그것이 내 머릿속을 지배하던 생각이었다. 도망가면 모든 것이 해결될 것만 같았다. 하지만 불행 중 다행으로, 세금 미납으로 출국 금지라는 예기치 못한 상황이 나를 가로막았다. 그 순간 나는 더 이상 도망칠 곳이 없다는 사실을 깨달았다. 당신은 도망치고 싶은 순간을 경험해 본 적이 있는가? 그 도망침이 진정한 해결책이 되지 못한다는 사실을 깨닫는 순간이기도 했다.

그날 나는 양화대교에 섰다. 얼굴을 때리는 차가운 바람, 소주병에 얼어붙은 손가락. 누군가는 그저 한날에 불과하겠지만, 그날의 바람은 나에게 마지막 작별 인사처럼 느껴졌다. 손에 들려있던 소주의 마지막 한 방울을 마시며, 모든 것을 끝낼 결심을 했다. 당신도 그런 절망적인 순간을 맞이한 적이 있는가? 삶의 무게에 짓눌려 더 이상 나아갈 길이 없다고 느낀 적이 있는가? 나는 그 순간 죽음을 선택하려 했다. 그러나 소주병을 내려놓고 눈을 감으려는 순간, 갑자기 눈물이 흘러내렸다. 나는 스스로에게 묻기 시작했다. '내가 이렇게까지 잘못한 것이 무엇일까? 왜 내 삶이 이렇게 되었을까?'

그 순간, 나는 깨달았다. 불행을 선택한 것은 나였다. 그리고 그 불행 속에서 계속 주저앉아 있었던 것도 나였다. 만약 그때 내가 죽음을 선택했다면 내 삶은 그 자리에서 끝났을 것이다.

그러나 나는 다른 선택을 했다. 양화대교 위를 미친 듯이 달렸다. 차가운 바람이 온몸을 스치고, 숨은 목까지 차오르며 고통이 밀려왔다. 그 순간, 문득 이런 생각이 들었다. '아직 내가 살아있구나.'

당신은 지금 어떤 선택을 하고 있는가? 혹시 그때의 나처럼 실패를 실패로 받아들이고 있지는 않은가? 아니면 그것을 극복하고 성공으로 바꿀 준비가 되어있는가?

그날, 양화대교에서 나는 새로운 삶을 선택했다. 모든 것이 망가진 것처럼 보였지만, 나는 그 속에서 다시 일어설 방법을 찾기로 했다. 당신은 지금 어떤 선택을 할 것인가?

우리는 불행을 선택할 수도 있고, 그것을 극복하고 성공으로 바꿀 수도 있다. 그 선택은 결국 우리의 몫이다. 실패는 누구에게나 찾아온다. 그 실패가 나를 무너뜨릴 수도 있지만, 그 실패를 이겨내고 성공으로 바꿀 수 있는 힘도 내 안에 있다는 사실을 깨달았다. 그리고 그 힘은 당신에게도 있다. 당신은 지금 어떤 선택을 할 것인가?

양화대교에 섰던 그날의 나는 죽음의 끝자락에 있었다. 하지만 나는 그 순간 새로운 시작을 선택했다. 그리고 그 선택이 나의 삶을 바꾸었다. 당신의 선택이 당신의 삶을 바꿀 수 있다. 실패는 끝이 아니다.

그것은 우리가 성공으로 가기 위한 과정일 뿐이다. 내가 그 순간 죽음 대신 다시 살아갈 선택을 했다는 사실이 나를 여기까지 이끌었다. 당신도 같은 선택을 할 수 있다.

실패에서 배우지 않으면 진정한 실패다

양화대교에서 내려온 후, 나는 처음으로 스스로에게 물었다. '나는 왜 실패했는가?' 처음에는 단순히 운이 나빴다고만 생각했다. 경제 상황이 좋지 않았고, 예상치 못한 문제가 연이어 닥쳤다. 나는 그것이 나로서는 어쩔 수 없는 일이었다며 스스로를 위로했다. '내 실패는 어쩌면 피할 수 없는 일이었을지도 모른다'고 자기합리화를 하며 안도하려 했다.

그러나 시간이 지나면서 나는 조금씩 깨닫기 시작했다. 나의 실패는 단순히 운이 나빴던 문제가 아니었다는 사실을. 실패의 원인은 더 깊은 곳에 있었다. 내가 미처 알지 못했던 준비의 부족, 섣부른 판단, 그리고 스스로 돌아보지 않았던 나의 한계들이 그 밑바탕에 자리 잡고 있었다.

이 깨달음은 나를 더욱 냉정하게 만들었지만, 동시에 변화의 가능성을 보여주었다. 실패가 단순한 운의 문제가 아니라면 그 원인을 찾아 바로잡을 수 있지 않을까? 내가 달라질 수 있다면 실패 역시 달라질 수 있을 것이라는 희망이 싹트기 시작했다.

문제는 내가 실패에서 아무것도 배우지 못하고 있었다는 것에 있었다. 실패에서 배우지 않으면 진정한 실패다. 많은 사람이 실패를 경험하고도 그것에서 아무런 교훈을 얻지 못한다. 그저 다시 일어나기만을 기다리며, 그 실패를 피하고 외면할 뿐이다. 나 역시 처음에는 그랬다. 음식 장사에서 실패한 후, 나는 술에 의지하며 현실을 회피했다. 2년 동안 나는 술로 고통을 덮어버리려 했지만, 그것이 나아갈 길이 아님을 깨닫는 데는 오랜 시간이 걸렸다.

질문하지 않는 삶은 답을 얻을 수 없다. 실패는 우리가 스스로에게 질문을 던지지 않으면 그저 고통으로 남을 뿐이다. 하지만 그 고통 속에서 질문을 던지기 시작할 때, 우리는 진정한 배움을 얻을 수 있다. 나는 결국 나에게 다가온 실패 속에서 무엇을 배울 수 있는지에 대해 진지하게 고민하기 시작했다.

'나는 왜 실패했는가?'
'무엇이 잘못되었는가?'

실패는 문제를 알려주고, 더 나은 길로 나아가도록 돕는 중요한 도구다. 나는 음식 장사를 하며 여러 가지 실수를 경험했다. 가장 큰 문제는 고객의 요구를 제대로 이해하지 못했던 점이었다. 예를 들어, 고객들이 원하는 메뉴를 파악하기보다는 내가 만들고 싶은 음식에만 집중했다. 고객의 반응에 귀를 기울이지 않은 것이 실패의 주된 원인이었다.

뿐만 아니라, 내가 세운 사업 전략은 시장의 흐름과 전혀 맞지 않았다. 이를 깨닫는 데는 시간이 걸렸지만, 실패는 결국 나에게 중요한 교훈을 남겼다. 실패는 단순한 좌절이 아니라 더 나은 방향으로 나아가기 위한 발판이라는 사실을 배운 것이다.

그 과정에서 내가 깨달은 또 하나의 사실은 스스로를 지나치게 과신했다는 점이다. 나는 내가 충분히 준비되었고, 지식과 능력이 부족하지 않다고 믿었다. 그러나 현실은 달랐다. 내 부족함을 제대로 인지하지 못한 것이 오히려 실패의 씨앗이 되었던 것이다. 실패는 내 오만함을 돌아보고, 부족함을 인정하도록 만든 소중한 경험이었다.

그렇다면 실패를 통해 배운 삶을 살기 위해 우리는 무엇을 해야 할까? 아래 다섯 가지 제안은 내가 실패를 통해 얻은 깨달음이다. 이 속에 담긴 진정한 의미를 함께 고민해 보길 바란다.

1) 실패를 객관적으로 분석하라.

실패 직후 우리는 감정에 휘말리기 쉽다. 하지만 그 감정을 한 발짝 뒤로 물리고 객관적으로 상황을 분석하는 것이 중요하다. '무엇이 잘못되었는가?', '어떤 결정이 결과에 영향을 미쳤는가?'와 같은 구체적인 질문을 던지며 문제의 핵심을 파악해야 한다. 감정에 휘둘리지 않고 사실에 집중하면, 그 실패가 우리에게 어떤 교훈을 남겼는지 알 수 있다.

2) 책임을 받아들이고 학습하라.

실패의 책임을 남 탓으로 돌리는 것은 매우 쉽다. 그러나 책임을 받아들이는 순간부터 배움이 시작된다. 실패를 통해 무엇을 잘못했는지, 앞으로 어떻게 바꿔야 하는지를 깊이 반성할 수 있다. 실패는 단순한 좌절이 아닌, 학습의 기회로 삼아야 한다.

3) 작은 목표부터 다시 시작하라.

실패 후 큰 목표는 우리를 더 위축시키기도 한다. 이럴 때는 작은 목표부터 시작하라. 작은 성공을 통해 자신감을 회복하고, 조금씩 더 큰 목표로 나아가면 된다. 과정 자체에 집중하며, 작은 성취를 쌓는 것이 중요하다. 성공은 시간이 걸리지만, 그 작은 성취들이 결국 커다란 변화를 만든다.

4) 멘토나 조언자를 찾아라.

실패 후에는 자신의 힘으로만 모든 것을 해결하려 하지 말라. 주변의 멘토나 경험이 많은 사람들의 조언을 구하는 것이 큰 도움이 된다. 실패를 겪어본 사람들은 그 실패를 어떻게 극복했는지 경험을 통해 우리에게 가르쳐 줄 수 있다. 그들의 피드백은 우리가 더 나은 결정을 내리는데 중요한 나침반이 될 것이다.

5) 끊임없이 질문하라

질문하지 않으면 답도 없다. 대답을 찾기 위한 질문이 아니라, 더 나은 길을 찾기 위한 질문을 던져야 한다. 『인간이 그리는 무늬』의 저자인 최진석 교수님의 철학처럼, 대답하는 삶이 아니라 질문하는 삶을 살아야 한다. 우리는 스스로에게 계속 물어야 한다. '다음에는 어떻게 해야 할까?', '이번 경험에서 무엇을 배울 수 있을까?' 끊임없이 질문하는 삶이야말로 우리를 더 나은 길로 이끌어줄 것이다.

실패의 과정에서 내가 가장 중요하게 생각하는 부분은 마지막 다섯 번째 제안이다. 대답하는 삶을 살지 말고, 질문하는 삶을 살아야 한다는 것이다. 답을 찾는 것이 아니라, 끊임없이 더 나은 질문을 던지는 삶을 살아야 한다. 질문하는 사람만이 더 나은 해결책을 찾고, 새로운 가능성을 발견할 수 있다. 우리는 종종 실패의 순간에서 답을 찾으려 하지만, 진정한 변화는 더 나은 질문에서 시작된다.

최진석 교수님의 철학적 통찰을 빌리자면, 국가의 발전을 읽는 세 가지 방법이 있다고 했다. 이는 우리 삶에도 적용된다. 그는 국가의 발전에 있어 제도와 시스템을 중요하게 언급하며, 철학을 가져야 한다고 말한다. 제도나 시스템이 잘 갖추어져 있더라도, 철학이 없으면 그저 기계적으로 돌아가는 사회가 될 뿐이다. 개인의 삶도 마찬가지다. 철학을 갖춘 삶은 단순히 정해진 답을 찾는 데 급급하지 않다. 끊임없이 질문을 던지고, 더 깊이 생각하며, 자신의 길을 스스로 만들어가는 삶이다.

우리 삶에서 진정한 실패는 배우지 못하고, 질문하지 않는 것이다. 실패는 우리에게 그 자체로 중요한 수업이 될 수 있지만, 그 속에서 아무것도 배우지 않는다면, 그 실패는 진정한 실패로 남는다. 그러나 우리가 질문을 통해 배움을 찾고, 그 실패를 발판으로 삼는다면 실패는 더 이상 두려워할 존재가 아니다.

질문하는 삶은 우리를 더 나은 곳으로 이끌어줄 힘을 가진다. 그러니 실패를 두려워하지 말고, 그 실패 속에서 무엇을 배울 수 있는지 질문해 보라. 당신의 실패가 당신을 어디로 데려갈 수 있는지 궁금해하라. 그 질문들이 당신을 더 나은 성공의 길로 안내해 줄 것이다.

실패는 끝이 아니라 과정이다

내가 겪은 실패는 단순한 좌절로 끝난 것이 아니었다. 오히려 나를 더 강하게 만들었고, 나 자신을 다시 발견하게 해준 중요한 과정이었다. 반복해서 말하지만, 실패는 끝이 아니라 하나의 과정일 뿐이다. 내가 그 과정을 겪었기 때문에 지금의 내가 있을 수 있었다.

지금도 종종 양화대교에서 죽음을 결심했던 그 순간이 떠올린다. 죽음의 끝자락에 서서 나는 스스로에게 물었다. '이것이 정말 끝인가?' 그러나 끝은 아니었다. 오히려 그곳에서 새로운 출발점을 찾았다. 내가 죽음 대신 삶을 선택한 순간, 새로운 길이 열리기 시작했다.

그 후, 한동안 나는 삶의 의미를 찾지 못하고 술과 담배에 의지했었다. 그것들은 나에게 순간적인 위안을 주었지만, 결국 문제를 해결하지 못했다. 나는 일시적인 탈출이 아닌, 지속 가능한 해결책이 필요했다.

그러던 어느 날, 나는 우연히 한 권의 책을 통해 변화의 실마리를 발견했다. 『부자의 그릇』이라는 책 속 한 문장이 내 마음 깊은 곳을 울렸다.

"타자는 99번 삼진을 당해도 한 번은 홈런을 친다."

그 문장은 나를 붙잡고 놓아주지 않았다. 실패는 나만의 것이 아니었고, 누구에게나 일어나는 과정임을 그때 비로소 깨달았다. 인생은 단순히 실패를 견디는 것이 아니라, 실패를 통해 더 나아지는 여정이라는 사실이 내게 다가왔다. 그날 이후, 나는 실패를 대하는 내 태도를 바꾸기로 결심했다. 그것은 나의 첫 번째 변화의 시작이었다.

두 번째는 트리플 법칙(책 읽기, 글쓰기, 달리기)이다. 트리플 법칙은 나의 삶을 바꾸는 중요한 도구가 되었다. 나는 5년간 900권의 책을 읽고, 600편이 넘는 글을 블로그에 썼으며, 3,000km가 넘는 거리를 달렸다. 이 경험을 통해 트리플 법칙의 강력함을 깨달았다. 세 가지 도구는 나를 실패의 굴레에서 벗어나 내 삶을 재설계하게 만들었다.

그 결과, 나는 사업을 다시 시작할 수 있었고, 책을 출간했으며, 마라톤을 완주하면서 새로운 목표를 세웠다. 책은 나에게 새로운 지식을 제공했고, 글쓰기는 나의 감정을 정리하는 치유의 과정이었으며, 달리기는 몸과 마음을 재충전시켜 주었다.

이제 나는 당신에게 트리플 법칙이 나를 어떻게 성공으로 이끌었는지 이야기하려 한다. 2장에서는 이 트리플 법칙이 실패에서 벗어나 삶을 변화시키는 구체적인 방법으로 어떻게 작용했는지를 설명할 것이다.

"헤매고 있다면 읽어라! 길이 보일 것이다.
마음이 복잡하면 써라! 정리될 것이다.
고민이 많다면 달려라! 걱정이 사라질 것이다."

당신의 실패에도 트리플 법칙의 매직이 함께하길 바란다.

제2장

트리플 법칙, 실패를 넘는 3가지 열쇠

"시작하는 데 있어서 위대한 일은 작게 시작하는 것이다."

- 라오쯔(Lao Tzu)

트리플 법칙,
실패를 넘는 3가지 열쇠

트리플 법칙은 나에게 실패를 극복하고, 새로운 시작을 찾게 해준 세 가지 습관이다. 단순히 습관을 넘어, 삶의 방향을 재정립하고 성장할 수 있는 강력한 도구가 되었다. 이 법칙은 '읽고, 쓰고, 달려라.'라는 간단한 원칙을 통해 삶의 목적과 의미를 찾고, 실패를 새로운 도전의 기회로 삼는 방법을 제시한다.

많은 사람이 실패 앞에서 좌절하고, 그 속에서 다시 일어설 힘을 찾기 어려워한다. 나 역시 그랬다. 하지만 트리플 법칙을 통해 나는 삶의 새로운 길을 발견했다. 이 법칙은 단순하고 반복적인 습관처럼 보이지만, 그 안에는 삶을 변화시키는 중요한 원리가 숨겨져 있다.

트리플 법칙은 실패자들에게 세 가지 열쇠를 제공한다.

1. **읽기는 새로운 지식과 영감을 주는 열쇠다.**
2. **쓰기는 내면의 혼란을 정리하고, 감정의 해소를 돕는 도구다.**
3. **달리기는 몸과 마음을 단련하며, 새로운 목표를 향해 나아가게 만드는 힘을 준다.**

이 세 가지 습관은 단순하지만, 삶을 바꾸는 강력한 힘을 지니고 있다.

이제 이 도구들이 어떤 변화를 만들어낼 수 있는지 간략히 살펴보자.

1) 읽기: 지식과 영감의 열쇠

읽기는 나에게 지식과 새로운 시각을 제공했다. 다양한 책을 읽으며 나는 세상을 바라보는 관점을 넓혔고, 그 속에서 내 실패를 재해석할 수 있었다. 책 속에서 나와 비슷한 실패를 겪은 사람들의 이야기를 보았고, 그들의 극복 과정을 통해 나 역시 다시 일어설 수 있다는 희망을 얻었다. 읽기는 단순한 정보의 습득을 넘어, 나의 뇌와 마음을 재정비하고 새로운 목표를 설정하는 데 중요한 역할을 했다.

2) 쓰기: 혼란과 감정 해소의 도구

쓰기는 내 삶에서 겪은 혼란과 고통을 해소하는 데 큰 도움이 되었다. 글을 쓰는 동안 나는 감정을 정리하고, 스스로를 객관적으로 바라볼 수 있었다. 실패의 순간을 기록하면서 나는 내가 무엇을 잘못했는지, 그리고 어떻게 더 나아질 수 있을지에 대해 진지하게 고민할 수 있었다. 글쓰기는 자기 성찰과 치유의 과정이었고, 나에게는 삶의 방향을 재정립하게 해준 중요한 도구였다.

3) 달리기: 몸과 마음을 단련하는 힘

마지막으로, 달리기는 내 몸과 마음을 재충전시키는 강력한 방법이었다. 실패로 인해 무너졌던 내 자신감을 달리기를 통해 회복할 수 있었다. 매일 꾸준히 달리면서 나는 작은 성취감을 느꼈고, 그 성취감이 점차 더 큰 목표를 향해 나아가게 해주었다. 달리기는 단순한 운동이 아니라, 나에게는 삶의 도전이자 자유의 상징이 되었다. 달리기를 통해 나는 정신적 강인함을 기르고, 신체적 건강 또한 회복할 수 있었다.

정신, 신체 두 마리 토끼, 성공의 길

유명한 인지심리학자 김경일 교수의 세미나에서 배운 내용은 나에게 깊은 영감을 주었다. 그는 신체적 고통에 대한 사회적 보상은 빠르게 이루어지는 반면, 정신적 고통은 쉽게 무시되며 충분한 지원을 받지 못하는 현실을 강조했다.

우리는 신체적 상처에 대해 자연스럽게 관심을 기울이지만, 정신적 상처는 보이지 않기 때문에 가볍게 여기는 경향이 있다. 그러나 정신적 고통 또한 우리 삶에 깊고 치명적인 영향을 미칠 수 있다. 신체와 정신은 서로 분리될 수 없는 하나이며, 이를 조화롭게 관리하는 것이 매우 중요하다.

김경일 교수님의 말은 내 실패와 재기의 과정에서도 큰 의미를 가졌다. 내가 신체적 고통을 겪을 때는 모든 사람이 나를 도와주었지만, 정신적 고통을 겪을 때는 그 누구도 그 심각성을 이해하지 못했다. 그러나 트리플 법칙은 나에게 정신적 고통과 신체적 고통 모두를 회복할 수 있는 힘을 주었다.

트리플 법칙은 실패를 이겨내고 정신적·신체적 균형을 찾게 해주는 강력한 도구다. 읽기를 통해 우리는 새로운 지식과 영감을 얻고, 쓰기를 통해 내면의 혼란과 감정을 정리하며, 달리기를 통해 몸과 마음을 다시 단련할 수 있다. 이 세 가지 습관은 단순하지만, 삶을 근본적으로 바꾸는 힘을 지니고 있다.

당신이 지금 실패의 순간에 있더라도, 트리플 법칙을 실천함으로써 삶의 새로운 방향을 찾을 수 있을 것이다. 읽고, 쓰고, 달리기를 통해 정신적·신체적 회복을 이루고, 삶의 목적과 의미를 재발견하며, 새로운 도전과 성장을 이뤄내길 바란다.

읽기:
새로운 시각을 열다

우리는 모두 책을 펼치는 순간, 지식을 향한 문이 열린다는 사실을 알고 있다. 그럼에도 불구하고, 많은 사람들은 종종 페이지를 넘기는 것을 주저한다. 책상 위에 쌓인 먼지, 서랍 속에 잊힌 독서 목록들이 그 이유를 말해 준다. 우리는 책을 읽으려 할 때 시간이 없다거나 다른 일에 치여있다는 핑계를 자주 대지만, 진실은 더 간단하다. 우리는 시작하는 것을 두려워한다.

책을 한 권 읽는다는 것은 단순히 정보를 얻는 것 이상의 의미를 가진다. 그것은 우리에게 새로운 세계를 열어주고, 우리가 이전에는 알지 못했던 관점들을 제공한다. 나는 실패를 겪고 나서, 책 읽기를 통해 내 삶을 재정비할 수 있었다. 그때의 나는 지식과 경험이 부족했고, 무엇을 어떻게 해야 할지 몰랐다. 그러나 책을 읽으면서 나의 실패를 다시 해석할 수 있었고, 그 속에서 다시 일어설 수 있는 힘을 얻었다.

책은 단순히 정보를 제공하는 도구가 아니다. 책 속에는 삶을 변화시킬 수 있는 통찰과 깨달음이 담겨있다. 앞서 『부자의 그릇』에서 언급했던 "타자는 99번 삼진을 당해도 한 번은 홈런을 친다."라는 문장은 내게 그런 깨달음을 주었다. 이 문장은 실패를 끝이 아닌 새로운 시작으로 바라보게 만들었고, 나를 변화로 이끄는 중요한 전환점이 되었다. 이처럼 책은 우리를 더 넓은 사고의 세계로 인도하며, 삶의 방향을 새롭게 정의할 기회를 제공한다.

독서 전의 나의 뇌는 망가져 있었다

독서를 시작하기 전, 나는 매일 술을 마셨다. 술에 의존하는 생활은 내 사고를 흐리게 했고, 특히 대화 중에 주어를 빼먹는 일이 잦았다. 그로 인해 소통에 어려움을 겪었고, 주변 사람들과의 대화에서 오해를 자주 불러일으켰다. 당시 나는 왜 이렇게 말을 잘못하는지, 왜 내 생각을 정확히 표현하지 못하는지조차 알지 못했다.

하지만 책을 읽기 시작하면서 이런 문제가 서서히 해결되기 시작했다. 책 속에 담긴 논리적 구조와 문장은 내 언어적 사고를 발달시켰고, 나는 자연스럽게 문장 구조와 표현의 중요성을 배울 수 있었다. 특히 책을 읽는 과정에서 사람들과 소통하는 데 있어 정확한 표현과 명확한 주제 전달이 얼마나 중요한지를 깨달았다.

우리는 언어를 통해 소통한다. 그리고 그 언어가 글로 표현된 것이 바로 책이다. 책을 많이 읽다 보면 우리의 언어적 사고가 발달되고, 이는 사람들과의 소통 능력으로 이어진다. 책 속의 문장과 표현을 읽으며 우리는 더 명확하게 생각하고, 이를 구체적인 언어로 표현하는 법을 배운다. 이로 인해 사람들과의 소통이 원활해지고, 자연스럽게 설득력도 높아진다.

책을 통한 얻는 힘, 설득과 협상의 비결

책을 읽으면서 내 사고는 더욱 명료해졌고, 사람들과의 소통이 한층 더 원활해졌다. 소통이 잘되기 시작하니 자연스럽게 사람들을 설득하는 힘도 커졌다. 우리는 일상 속에서 끊임없이 협상하고, 서로의 이해관계를 조율해야 하는 상황에 놓인다. 이때 중요한 것은 바로 '설득력'이다.

책을 읽다 보면 단순히 지식을 쌓는 것을 넘어, 상대방의 입장을 이해하고, 그에 맞는 논리적 설득 방법을 터득하게 된다. 소통이 원활해지면 협상 과정에서도 유리한 위치를 차지하게 되고, 이는 결국 더 많은 기회를 잡는 힘이 된다. 나 역시 책을 읽으며 언어적 사고와 설득력을 키우면서, 비즈니스 상황에서 더 나은 결과를 얻는 데 큰 도움이 되었다. 협상력이 향상되면 사람들과의 관계도 좋아지고, 자연스럽게 더 많은 기회를 잡게 되어 결국 돈을 버는 방법도 더 쉬워진다.

책이 주는 언어의 힘

책은 단순히 지식을 전달하는 도구가 아니다. 그것은 우리의 사고를 명료하게 만들고, 소통을 원활하게 하며, 더 나아가 설득력과 협상력을 키워준다. 나는 책을 통해 언어적 사고가 발달되었다. 사람들과의 관계를 개선하고, 비즈니스에서 성공할 수 있는 중요한 밑거름이 되었다. 당신도 책을 읽음으로써 더 나은 소통과 성공을 경험할 수 있을 것이다.

왜 우리는 읽기를 어려워할까?

읽기는 시간이 필요하고, 집중을 요구한다. 특히 현대 사회에서는 스마트폰, TV, 인터넷 등 여러 가지 디지털 기기들이 우리의 주의를 산만하게 만든다. 우리는 바쁜 일상 속에서 독서할 시간을 찾기 어려워한다. 또한 책을 다 읽지 못할 것 같은 두려움이나 집중력 부족으로 인해 독서 자체를 시작하기 꺼린다.

그러나 독서는 이러한 장애물들을 극복했을 때 비로소 진정한 힘을 발휘한다. 책은 단순한 정보의 제공 이상의 가치를 지닌다. 그것은 우리의 사고를 확장시키고, 문제를 새로운 시각으로 바라보게 만든다. 그러니 지금, 한 장 한 장 페이지를 넘기기 시작하자. 그 안에서 우리는 새로운 길을 발견할 수 있다.

목표 설정, 독서를 지속하는 방법

책 읽기를 시작할 때, 명확한 목표를 설정하는 것이 중요하다. 예를 들어, 한 달에 5권의 책을 읽기로 목표를 설정하면 독서 습관을 형성하는 데 큰 도움이 된다. 목표는 동기부여를 강화하고, 독서를 일상의 중요한 부분으로 만드는 데 필수적이다.

처음에는 힘들고 도전적일 수 있지만, 목표를 달성하는 과정에서 얻는 성취감은 독서의 즐거움을 배가시킨다. 목표를 달성하면 우리는 자신감을 얻게 되고, 더 많은 책을 읽고 싶은 욕구가 생긴다. 이러한 작은 성공들이 쌓여서 우리는 더 큰 목표를 향해 나아갈 수 있게 된다. 독서 목표는 단순한 습관 형성을 넘어서, 우리의 정신적 성장과 발전을 돕는 중요한 도구가 될 수 있다.

정독과 다독의 균형, 깊이와 폭넓음의 조화

독서의 방법에는 크게 두 가지가 있다. 정독과 다독. 그러나 이 두 방법 중 어떤 것이 더 좋은가에 대해서는 오랜 시간 동안 많은 논쟁이 있어 왔다. 일부 사람들은 정독이야말로 깊이 있는 지식과 통찰을 얻는 방법이라고 주장하며, 다독은 정보를 피상적으로 흡수하는 데 그칠 위험이 있다고 말한다.

반면 다독을 지지하는 사람들은 많은 책을 읽는 것이 사고의 유연성을 기르고, 다양한 관점을 접할 수 있게 해준다고 주장한다. 이러한 논쟁은 독서가 단순히 지식을 쌓는 것을 넘어, 우리가 어떻게 세상을 이해하고 사고하는지를 결정하는 중요한 요소라는 점에서 발생한다.

정독은 한 권의 책을 천천히, 깊이 읽는 방식으로, 저자의 생각과 지혜를 충분히 체득하는 데 중점을 둔다. 이는 저자가 전달하려는 메시지를 온전히 이해하고, 그 안에 담긴 깊은 통찰을 얻기 위한 방법이다. 특정 주제에 대해 깊이 있는 지식을 습득하고자 할 때, 정독은 필수적이다. 책 한 권을 천천히 읽으며 저자의 사고 과정을 따라가는 것은, 마치 그와 대화를 나누는 듯한 경험을 선사한다.

반면 다독은 빠르게 여러 권의 책을 읽으며 폭넓은 주제와 아이디어를 접하는 방식이다. 이 방법은 새로운 분야를 탐구하거나 다양한 아이디어를 연결하는 데 유리하다. 다독을 통해 우리는 사고의 폭을 넓히고, 다양한 관점과 의견을 비교하며 우리의 세계관을 확장할 수 있다. 다독은 세상에 대한 더 넓은 이해와 사고의 유연성을 길러주며, 빠르게 변화하는 현대 사회에서 특히 유용하다.

이 두 가지 방식 중 어느 하나가 더 우월하다고 주장하기보다는, 정독과 다독의 균형이 중요하다. 책의 종류나 우리의 목적에 따라 두 방식을 적절히 활용할 필요가 있다. 특정 주제에 대해 깊이 있는 이해가 필요할 때는 정독을 선택하고, 폭넓은 정보를 빠르게 얻고자 할 때는 다독을 선택하는 것이 좋다.

중요한 것은 우리의 독서 목적에 따라 이 두 가지 방식을 유연하게 조화시키는 것이다. 독서를 통해 깊이를 추구할지, 넓이를 추구할지에 대한 선택은 우리 각자의 독서 스타일과 목표에 달려있다. 이러한 선택이야말로 성공적인 독서의 열쇠다.

스킵하는 기술, 삶에 적용할 '한 문장'을 위해

독서를 할 때 모든 내용을 처음부터 끝까지 읽어야 한다는 부담을 느낄 필요는 없다. 책의 모든 부분이 우리에게 동등한 가치를 제공하는 것은 아니다. 어떤 부분은 우리의 상황과 관심사에 맞지 않을 수도 있다. 그렇기 때문에 우리는 스킵하는 기술을 활용하여 독서를 더 효율적이고 목적 지향적으로 만들 수 있다.

많은 사람이 독서를 하는 이유는 책 속에서 삶에 적용할 단 한 문장을 찾기 위해서다. 우리는 그 한 문장이 우리의 사고를 전환시키고, 새로운 결정을 내리게 하며, 삶에 중요한 변화를 가져다줄 것이라고 기대한다. 그렇기 때문에 모든 내용을 읽기보다는 우리에게 중요한 핵심 메시지나 영감을 주는 문장에 집중하는 것이 중요하다.

스킵하는 기술은 이 과정에서 큰 역할을 한다. 우리가 책을 읽는 목적이 무엇인지, 그리고 그 책에서 어떤 정보를 얻고자 하는지를 분명히 한다면 덜 중요한 부분은 과감히 넘길 수 있다. 예를 들어, 연구를 위해 읽는 책에서는 중요한 개념에 집중하고 나머지는 생략할 수 있으며, 여가를 위한 독서에서는 즐거움을 주는 부분에 더 많은 시간을 할애할 수 있다.

이 기술은 시간과 노력을 절약하면서도 독서의 질을 높이는 데 큰 도움이 된다. 중요한 정보에 집중하고 덜 중요한 부분을 건너뛰는 것은 책의 핵심 메시지를 더 빠르고 명확하게 이해할 수 있도록 돕는다. 결국 우리는 삶에 적용할 그 한 문장을 찾기 위해 독서를 하고, 스킵하는 기술을 통해 더 많은 책을 더 효율적으로 읽을 수 있게 된다.

스킵하는 기술을 잘 활용하면 우리는 독서의 과정에서 더 큰 만족감을 얻을 수 있다. 책은 단순한 정보의 전달 수단이 아니라, 우리의 생각과 삶에 적용할 수 있는 중요한 교훈을 주는 도구다. 이 기술을 통해 우리는 더 많은 책을 읽을 수 있으며, 더 나은 선택을 할 수 있게 될 것이다.

오디오북과 독서의 융합

오디오북은 바쁜 현대인에게 독서의 새로운 기회를 제공한다. 특히 이동 중이거나 운동을 할 때 오디오북을 들으면 시간을 효율적으로 활용할 수 있다. 출퇴근길의 지하철이나 버스 안에서, 혹은 장거리 운전을 하며 들을 수 있다는 점은 현대인의 라이프스타일과도 잘 맞아떨어진다.

달리기를 하면서 오디오북을 듣는 것은 몸과 마음을 동시에 단련하는 특별한 경험을 선사한다. 리드미컬한 발걸음과 함께 귀에 흐르는 이야기는 단순한 운동을 몰입감 넘치는 시간으로 바꿔준다. 새로운 지식과 영감을 얻으며, 몸의 건강과 함께 마음의 성장을 이룰 수 있다.

오디오북은 특히 독서에 익숙하지 않거나 시간이 부족한 사람들에게 유용한 도구다. 종이책을 펼칠 시간이나 여유가 없더라도, 오디오북은 독서의 문턱을 낮춰준다. 글로 된 책을 읽는 것에 부담을 느끼는 사람도 목소리를 통해 전달되는 이야기를 더 쉽게 받아들일 수 있다.

또한 오디오북은 책을 읽는 방식을 다양화해 준다. 글자로만 접했던 정보를 목소리를 통해 전달받음으로써 감정과 뉘앙스를 더 깊이 느낄 수 있다. 전문 성우의 음성은 이야기의 몰입감을 높여주고, 책 속 캐릭터와 장면을 생생하게 느끼게 한다.

이렇게 다양한 장점을 통해 오디오북은 독서를 무겁고 어렵게만 느껴지지 않게 만든다. 독서는 더 이상 특정 시간과 장소에 국한되지 않는다. 오디오북은 어디서나 언제든지 독서를 가능하게 하며, 현대인들에게 새로운 배움의 가능성을 열어준다.

독서를 통해 삶을 변화시키다

나 또한 한때 독서를 어려워했던 시절이 있었다. 책을 읽는 것이 쉽지 않았고, 내용이 머릿속에 잘 들어오지 않아 힘들어하곤 했다. 하지만 이러한 어려움을 극복하기 위해 매일 한 장씩 책을 읽는 도전을 시작했다. 그 작은 도전이 내 삶에 큰 변화를 가져다주었다. 독서의 장벽을 넘어서자, 나는 더 많은 지식과 영감을 얻을 수 있었고, 내 삶에 대한 새로운 시각을 가지게 되었다. 독서는 단순히 정보를 습득하는 행위가 아니라, 자신의 사고를 넓히고 내면의 성장을 돕는 중요한 과정이었다.

처음에는 단 한 장을 읽는 것도 어려울 수 있다. 하지만 그 과정을 통해 우리는 책과 깊은 연결을 경험하며, 자신만의 성장 스토리를 써 내려갈 수 있다. 당신도 지금부터 매일 한 장씩 책을 읽으며 지식의 세계로 들어가 보길 바란다. 그 길 위에서 당신의 삶은 더욱 풍요롭고 의미 있는 모습으로 변할 것이다.

쓰기:
생각을 정리하고 표현하는 힘

쓰기는 우리의 생각과 감정을 정리하고, 삶의 혼란을 해소하는 강력한 도구다. 읽기가 새로운 지식을 제공하고 세상을 넓게 바라보는 시각을 키워준다면, 쓰기는 그 지식을 체화하고 내 생각을 정리하는 과정이다. 쓰기는 마치 마음속 혼란스러운 생각들을 하나하나 풀어내는 행위로, 일상에서 접하는 수많은 정보와 감정을 정리하고 명확하게 만들어준다.

특히 실패를 경험했을 때, 쓰기는 그 감정과 상황을 객관적으로 바라보게 하며, 실패의 원인을 파악하고 나아갈 방향을 제시하는 중요한 도구다. 쓰기를 통해 우리는 실패를 단순한 좌절이 아닌, 배움과 성찰의 기회로 전환시킬 수 있다.

무엇을 써야 할까? 막막함을 이겨내는 첫걸음

처음에는 무엇을 써야 할지 몰라 막막함을 느끼는 것이 당연하다. 나 역시 처음 글을 쓰기 시작할 때, 어떤 내용을 써야 할지 몰라 당황했고, 머릿속에서 맴도는 생각들을 어떻게 글로 표현할지 몰라 어려움을 겪었다. 그러나 이때 중요한 것은 작은 것부터 시작하는 것이다. 쓰기는 처음부터 완벽할 필요가 없다. 오히려 부족하고 어색해도 괜찮다. 중요한 것은 내가 무엇을 생각하고 느끼는지 알아가는 과정이다.

글을 쓰면서 나는 스스로에게 질문을 던지기 시작했다. '왜 이런 감정을 느꼈을까?', '이 사건이 나에게 어떤 영향을 미쳤을까?' 이런 질문을 통해 내 감정과 생각을 글로 풀어내다 보니, 점차 마음이 정리되고 스스로를 더 잘 이해하게 되었다. 쓰기를 통해 나를 돌아보는 시간을 갖게 되면서, 문제를 해결할 수 있는 능력도 키워졌다.

쓰기는 치유다. 감정과 사고의 정리

쓰기는 스스로를 돌아보는 치유의 도구다. 글을 쓰면서 자신의 감정을 하나하나 정리하고, 그동안 몰랐던 감정을 발견하게 된다. 나는 특히 감정적 혼란을 겪을 때 글을 쓰며 그 감정을 해소할 수 있었다. 실패의 순간이 찾아왔을 때, 혼란스러운 감정들이 머릿속에서 얽히고설켜 있었지만, 글을 통해 그 감정들을 하나씩 풀어내며 더 차분하게 자신을 돌아볼 수 있었다. 글을 쓰는 과정에서, 내 감정과 생각이 정리되었고, 그 과정을 통해 스스로를 치유할 수 있었다.

실패를 극복하기 위해서는 감정과 사고의 정리가 필수다. 실패를 겪으면 우리는 종종 그 감정에 휩싸여 앞으로 나아가지 못하고 주저앉게 된다. 하지만 그 감정을 억누르거나 외면하기보다는, 글로 적어가며 스스로가 느끼는 것들을 정리하고 재평가하는 과정이 필요하다.

이렇게 감정을 글로 풀어내면 감정에만 사로잡혀 있던 나 자신을 객관적으로 바라볼 수 있고, 다음 단계로 나아가기 위한 에너지를 얻게 된다. 감정과 생각을 정리하면 문제를 더 명확하게 이해하게 되고, 더 나은 결정을 내릴 수 있는 힘을 얻게 된다.

실패를 극복하는 첫걸음은 내면의 혼란을 정리하는 것이다. 글쓰기는 그 혼란을 정돈하고, 내가 무엇을 느끼고 무엇을 원하고 있는지 명확히 할 수 있는 도구가 되어준다. 실패로 인해 쌓였던 감정의 무게를 덜어내고, 다시 앞으로 나아가기 위한 준비를 하는 것, 그것이 바로 글쓰기의 힘이다.

쓰기를 통해 언어의 힘을 키우다

읽기를 통해 지식을 얻고 사고력을 발달시키는 것처럼, 쓰기는 그 지식을 체화하고 나만의 언어로 정리하는 과정이다. 쓰기는 우리의 언어적 사고를 더욱 구체화하고 명확하게 만들어 준다.

쓰기를 통해 우리는 우리가 배운 것들을 체계적으로 정리하고, 그것을 다른 사람들과 효과적으로 공유할 수 있다. 언어는 생각을 표현하는 가장 중요한 도구이며, 쓰기를 통해 우리는 언어적 사고를 더욱 강화할 수 있다.

언어는 우리가 세상을 이해하고 소통하는 가장 강력한 수단이다. 언어적 사고가 발달하면 우리는 더 명확하고 설득력 있게 자신을 표현할 수 있으며, 이를 통해 더 나은 결과를 얻을 수 있다. 쓰기는 이러한 언어적 사고를 연습하고 발전시키는 중요한 도구다.

쓰기는 또한 설득력을 키워준다. 비즈니스나 대인 관계 등 다양한 상황에서 우리는 설득의 기술이 필요하다. 글쓰기는 우리의 생각을 명확하고 논리적으로 전달할 수 있는 강력한 도구로, 협상에서 더 나은 결과를 얻는 데 큰 도움이 된다. 나 역시 쓰기를 통해 나의 사고를 정리하고, 비즈니스 협상에서 더 나은 성과를 얻을 수 있었다. 글을 통해 내가 말하고자 하는 바를 명확하게 정리할 수 있었고, 그 결과 설득력 있는 의사소통을 할 수 있게 되었다.

언어의 힘으로 실패를 극복하는 방법

언어의 힘은 실패를 극복하는 데 있어 중요한 역할을 한다. 실패의 순간, 우리는 종종 좌절하고 감정에 휩싸여 상황을 제대로 파악하지 못하는 경우가 많다. 그러나 쓰기를 통해 자신의 생각과 감정을 언어로 정리하면서, 우리는 더 객관적으로 상황을 바라보고, 실패의 원인을 분석할 수 있다. 실패를 분석하는 과정에서 우리는 다음 단계로 나아가기 위한 3가지 구체적인 계획을 세울 수 있게 된다.

1) 감정과 사고를 글로 표현하기

실패를 경험할 때 우리는 감정적으로 흔들릴 수 있다. 이때 쓰기를 통해 감정과 사고를 명확하게 표현하면 그 상황을 더 객관적으로 바라볼 수 있다. 나의 실패 경험을 글로 풀어내면서 그 원인과 결과를 구체적으로 분석할 수 있다.

2) 논리적인 사고 정립

글쓰기는 우리의 생각을 체계적으로 정리하는 데 도움을 준다. 쓰기를 통해 문제의 핵심을 파악하고, 그에 맞는 해결책을 모색할 수 있다. 실패의 원인을 논리적으로 분석하고, 다음에는 어떻게 행동할지를 계획하는 데 있어서 쓰기는 강력한 도구가 된다.

3) 설득력 있는 자기 피드백

쓰기를 통해 자신에게 피드백을 주는 것도 중요한 방법이다. 실패를 겪은 후, 우리는 스스로에게 '어디에서 잘못되었는가?', '다음에는 어떻게 해야 하는가?'와 같은 질문을 던질 수 있다. 이러한 질문에 대한 답을 글로 써보는 과정에서 우리는 스스로를 더 깊이 이해하고, 더 나은 선택을 할 수 있게 된다.

실패를 극복하는 데 있어서 언어의 힘은 매우 중요하다. 쓰기는 그 언어적 힘을 키우는 도구로, 우리의 사고를 명확하게 하고, 문제를 해결할 수 있는 능력을 키워준다. 실패의 순간, 언어적 사고가 발달된 사람들은 그 상황을 더 빠르고 효과적으로 극복할 수 있으며, 더 나은 결과를 이끌어 낼 수 있다.

실천으로 이어지는 구체적인 방법들

그럼 어떻게 하면 쓰기를 잘할 수 있을까? 첫 번째 방법은 간단하다. 그냥 쓴다. 완벽하게 쓸 필요가 없다. 처음에는 엉성하고 어색해도 괜찮다. 중요한 것은 꾸준히 쓰는 습관을 들이는 것이다.

나는 글쓰기를 두려워하지 않기 위해 인터넷 카페 댓글부터 쓰기 시작했다. 거창한 글을 쓰기보다는 짧게라도 매일 글을 쓰는 습관을 만드는 것이 중요하다. 이렇게 작은 글쓰기가 쌓이면 점차 더 긴 글을 쓰는 데 자신감이 생긴다. 무엇이든 매일 조금씩이라도 쓰는 것이 쓰기의 가장 중요한 첫걸음이다.

두 번째 방법은 일기나 메모를 활용하는 것이다. 나는 일기를 통해 내 생각을 정리하고, 메모 습관을 통해 언제든 떠오르는 생각을 기록할 수 있었다. 작은 메모는 나중에 더 큰 글을 쓰는 데 큰 도움이 된다.

우리의 머릿속에 떠오른 생각들은 빠르게 사라지기 마련이기 때문에, 떠오르는 순간 그 즉시 기록하는 것이 중요하다. 소소한 일기나 메모가 쌓이다 보면 자연스럽게 글쓰기가 일상이 된다. 이순신 장군의 『난중일기』처럼 단순한 일상 기록이 나중에는 큰 문장력의 밑거름이 되는 것이다.

세 번째 방법은 좋은 문장을 수집하는 것이다. 내가 읽은 책이나 다른 사람들이 쓴 글에서 마음에 와닿는 문장들을 따로 모아둔다. 이러한 문장들은 나중에 내가 글을 쓸 때 좋은 밑거름이 된다.

나는 책을 읽을 때 인상 깊은 문장을 밑줄 치거나 메모해 두고, 이를 나중에 나의 글쓰기에 참고했다. 좋은 문장을 모으는 것은 단순히 그 문장을 외우는 것을 넘어, 그 문장 속에 담긴 표현 방식과 사고 과정을 배우는 것이다. 좋은 문장을 수집하는 습관은 글쓰기 능력을 크게 향상시킨다.

훌륭한 문장과 표현을 자주 접하면 그것이 자연스럽게 나의 문장력으로 이어진다. 독서 중에 눈에 띄는 표현이나 문장을 기록해 두고, 이를 나

중에 참고해 자신의 글쓰기에 적용해 보자. 이 과정은 마치 음악가가 좋은 멜로디를 기억하고 나중에 자신의 곡에 활용하는 것과 비슷하다. 글을 쓰는 데 영감이 필요할 때는, 이 수집해 둔 문장들이 큰 도움이 된다.

마지막으로, 글을 쓰면서 수정하는 과정을 두려워하지 말아야 한다. 처음부터 완벽한 글을 쓰려고 하면 오히려 부담이 커진다. 일단 글을 쓴 뒤, 그것을 고쳐가면서 점점 더 나은 글로 발전시키는 것이 중요하다. 첫 문장은 부족해도 괜찮다. 중요한 것은 완성하고, 계속 다듬어가는 과정에서 실력을 키우는 것이다.

결론적으로, 쓰기를 잘하기 위해서는 꾸준히 실천하고, 작은 글쓰기로부터 시작하며, 좋은 문장을 수집하고, 수정하는 과정을 즐겨야 한다. 쓰기는 우리 마음속 혼란을 정리하고, 더 나은 사고와 결정을 할 수 있도록 돕는 강력한 도구다.

완벽주의의 함정에서 벗어나라

많은 사람들이 글을 쓰면서 완벽함을 추구하다가 오히려 시작조차 하지 못한다. 나 역시 처음에는 완벽한 글을 써야 한다는 압박감 때문에 글쓰기를 주저했다. 하지만 완벽주의가 글쓰기의 가장 큰 장애물이라는 것을 깨닫고 나서야 비로소 글을 쓰기 시작할 수 있었다. 중요한 것은 완벽한 글이 아니라, 완성된 글이라는 점이다.

완결이 실력이다. 글이 완벽하지 않더라도, 끝까지 쓰는 경험을 반복하다 보면 점차 글쓰기 실력이 향상된다. 글을 쓰는 과정에서 우리는 스스로를 돌아보고, 수정할 기회를 얻게 된다. 첫 문장부터 마지막 문장까지 쓰는 경험이 쌓이면 자연스럽게 글의 질도 함께 높아진다.

완벽한 글을 쓰겠다는 마음은 처음부터 내려놓아야 한다. 글쓰기는 연습과 훈련의 결과로 발전하는 것이지, 처음부터 완벽할 필요는 없다. 첫 번째 목표는 완결이다. 그 과정을 반복하면서 실력이 자연스럽게 향상되고, 더 나은 글을 쓰게 된다. 중요한 것은 매번 쓰고, 끝까지 쓰는 훈련을 지속하는 것이다.

쓰기는 창조다. 표현하는 자가 세상을 바꾼다

쓰기는 단순히 문장을 나열하는 것이 아니라, 창조적인 활동이다. 우리는 글을 쓰면서 새로운 세계를 창조하고, 무한한 상상력을 펼칠 수 있다. 글쓰기는 우리의 내면을 표현하고, 그 표현이 다른 사람들과 소통하는 다리가 되어준다. 우리가 글을 통해 만들어내는 새로운 생각과 세계는 사람들을 설득하고, 감동을 줄 수 있다.

글을 쓰면서 스스로 창조자가 된다는 사실을 느껴라. 단어와 문장을 통해 내 안의 생각을 외부 세계로 표현하는 것이야말로 진정한 창조의 힘이다. 쓰기를 통해 나는 나의 감정을 더 명확하게 표현할 수 있었고, 그 결과 사람들과의 소통이 훨씬 원활해졌다. 표현의 힘은 단순히 소통을 넘어 협상력을 높이고, 삶의 새로운 기회를 열어준다.

지금, 당신의 이야기를 써라

쓰기는 누구나 할 수 있는 일이다. 만약 글쓰기가 어렵게 느껴진다면 그것은 당신이 너무 거창하게 시작하려고 하기 때문일지도 모른다. 처음부터 완벽할 필요는 없다. 짧고 간단한 글부터 시작하라. 일상의 소소한 생각이나 감정을 기록하는 것만으로도 충분하다. 중요한 것은 글을 쓰는 습관을 기르는 것이다.

펜을 들고, 키보드를 두드려라. 주저하지 말고 지금 당장 시작하라. 생각나는 것을 적고, 작은 문장이라도 남기는 것이 출발점이다. 그 작은 한 줄이 쌓여 당신의 이야기가 되고, 그 이야기는 결국 당신의 삶을 변화시킬 것이다. 쓰기는 당신의 내면을 더 깊이 이해하게 하고, 삶의 문제를 해결할 강력한 도구를 제공한다. 지금이 바로 그 순간이다. 당신의 이야기를 적기 시작하라. 작은 행동이 큰 변화를 만든다.

"글을 쓰는 순간이 당신의 새로운 출발점이 될 것이다."

달리기:
신체를 단련하며 정신을 깨우다

나는 단순히 '건강을 위해 달리라'는 말을 하고 싶지는 않다. 달리기는 분명 건강에 도움이 되는 운동이다. 많은 과학적 근거가 이를 뒷받침하고 있고, 우리 모두 알고 있는 사실이다. 그러나 달리기를 통해 얻을 수 있는 것은 그 이상의 가치가 있다. 특히 실패를 경험한 사람들에게 달리기는 몸을 움직이는 것 이상의 의미를 지닌다.

시작하려는 의지

우리는 실패를 겪고 나면 몸을 움직이는 것조차 어려울 때가 많다. 실패로 인해 자괴감에 빠져 무기력해지고, 마음먹기가 너무 어렵게 느껴진다. 당신도 지금 그런 기분일 수 있다. 아무리 삶이 바뀔 것이라는 말을 들어도 쉽게 몸이 움직이지 않는다. 하지만 걱정하지 말라. 나도 그랬고, 우리 모두의 문제다. 근본적인 문제는 우리의 뇌와 호르몬에 있다.

스트레스가 쌓이면 코르티솔이라는 호르몬이 분비된다. 코르티솔은 근육의 대사를 방해하고, 피로를 유발하는 호르몬이다. 달리기를 시작하기도 전에 스트레스를 받으면 달리기가 더 하기 싫어진다. 그러나 이 문제를 해결할 수 있는 뇌의 메커니즘이 있다. 그 비결은 바로 '작은 성공'을 쌓는 것이다.

작은 성공의 중요성

달리기를 통해 실패를 극복하는 첫걸음은 작은 성공을 경험하는 것이다. 한 번에 많은 거리를 달릴 필요가 없다. 오랜 시간 뛸 필요도 없다. 중요한 것은 자신에게 맞는 목표를 설정하고, 그 목표를 달성하는 것이다. 처음에는 100m도 좋고, 500m도 상관없다. 중요한 것은 성공의 빈도를 쌓는 것이다.

나는 육군 훈련부사관(교관) 출신으로, 매일 달리는 것이 일이었던 사람이었다. 그러나 전역 후 사업 실패를 겪으며 8년 동안 몸과 마음이 완전히 무너졌다. 다시 뛰기로 결심했을 때, 나는 단 1km조차 달릴 수 없을 만큼 지쳐있었다.

하지만 짧은 거리부터 다시 시작했다. 달리기에서 중요한 것은 결코 속도가 아니라 '거리'이다. 성공은 한 번에 이루어지지 않는다. 작은 목표를 하나씩 이루며 성공의 빈도를 쌓아가는 것이 중요하다.

실패를 경험한 후 바로 마라톤을 뛰려는 무리한 목표를 세우기보다는, 작은 성공을 쌓아 자신감을 키우는 것이 더 큰 변화를 만들어낸다. 짧은 거리라도 꾸준히 나아가면, 결국 그 빈도만큼 자신도 성장하게 된다.

작은 성공이 주는 힘, 실패를 넘어서

달리기는 실패로 인한 무기력에서 벗어나는 데 매우 효과적이다. 실패를 경험하면 우리는 다시 도전할 용기를 잃곤 한다. 하지만 짧은 거리부터 시작해 작은 성공을 거듭 경험하다 보면 우리는 다시 도전할 용기와 에너지를 얻게 된다. 100m를 달렸다면 다음에는 200m, 그다음에는 500m로 거리를 늘려나가라. 작은 성공이 쌓일 때마다, 그 성공은 자신감을 심어주고, 더 나아가 새로운 목표를 향해 도전하게 만든다.

달리기는 마치 실패에서 벗어나기 위한 새로운 출발점과 같다. 한 발짝 더 나아가는 경험은 우리에게 중요한 변화를 가져다준다. 실패로 인해 멈춰있었던 시간을 다시 움직이게 만들고, 그 과정에서 우리는 자신이 다시 도전할 수 있다는 사실을 깨닫게 되는 것이다.

실패한 사람을 위한 달리기, 정신적 회복의 기회

달리기는 단순한 운동 이상의 의미를 지닌다. 신체적으로 건강해질 뿐만 아니라, 정신적으로도 큰 회복을 가져다준다. 실패 후에는 감정적으로 혼란스럽고, 생각이 엉켜서 무엇을 해야 할지 몰라 갈피를 잡지 못한다. 하지만 달리기를 통해 우리는 머릿속을 정리하고, 차분하게 다음 단계를 생각할 수 있는 시간을 가지게 된다. 달리면서 얻게 되는 고요함과 리듬은 마치 명상과 같은 효과를 준다.

과학적으로도 달리기는 정신적 건강에 많은 이점을 준다. 연구에 따르면 달리기는 뇌에서 '행복 호르몬'이라 불리는 엔도르핀의 분비를 촉진시켜 스트레스를 줄이고 긍정적인 기분을 유도한다. 또한 달리기는 세로토닌의 분비를 활성화시켜 기분을 안정시키고, 불안과 우울을 완화하는 데 효과적이다. 달리기가 주는 이 같은 화학적 변화는 우리가 감정적으로 혼란스러운 시기를 이겨내는 데 큰 도움을 준다.

달리기를 하면서 한계를 넘어서려고 했던 순간들은, 내 삶의 다른 영역에서도 중요한 변화를 일으켰다. '조금만 더'라는 생각으로 한 발짝 더 내디딜 때마다, 나는 나 자신이 더 강해지고 있음을 느꼈다. 실패라는 감정적 한계를 넘어서면서, 나 자신에 대한 신뢰가 커졌다.

이처럼 달리기는 단순한 운동을 넘어, 실패 후에도 다시 도전할 수 있는 용기와 회복력을 주는 중요한 도구가 된다. 실패는 종종 우리가 자신을 재발견하고, 더 강한 사람이 될 수 있는 기회로 이어진다. 달리기는 그 기회를 실현하게 해주는 첫걸음이 될 수 있다.

기록을 통한 성장: 실패의 역사도 함께 쌓아라

달리기할 때 기록을 남기는 것은 매우 중요하다. 말은 휘발되지만 기록은 남는다. 실패도 마찬가지다. 실패한 경험을 기록하고 그것을 반추하며 분석하는 과정에서 우리는 성장할 수 있다. 달리기 애플리케이션을 활용해 자신의 기록을 남기고, 점차 목표를 설정하는 것도 좋은 방법이다. 오늘은 100m를 달렸다면, 내일은 200m를 목표로 삼아보자. 매일 조금씩 거리를 늘려가는 과정에서, 우리는 자신의 진전을 눈으로 확인할 수 있다.

이 과정은 단순한 운동 이상의 의미를 갖는다. 기록을 남기는 것은 마치 우리가 실패를 기록하고, 그 실패를 어떻게 극복할지 계획하는 것과 같다. 매일 달리기를 통해 기록이 쌓이면, 우리는 그만큼 더 나아지고 있다는 증거를 눈으로 확인할 수 있다. 이 기록은 단순한 달리기 기록이 아니라, 실패를 극복하는 과정의 기록이다.

함께 달리는 힘: 실패는 혼자가 아니다

달리기를 지속하는 가장 좋은 방법 중 하나는 다른 사람과 함께하는 것이다. 친구, 가족, 또는 러닝 모임과 함께 달리면 그들과의 교류 속에서 새로운 동기부여를 얻을 수 있다. 실패로 인해 혼자가 되었다고 느끼는 순간, 누군가와 함께 달리는 것은 그 외로움을 이겨내는 좋은 방법이 된다. 타인의 관심과 응원은 우리가 더 멀리, 더 오래 달릴 수 있도록 도와준다.

결국 실패는 혼자가 아니다. 다른 사람들과 함께할 때 우리는 더 큰 힘을 발휘할 수 있다. 실패를 경험한 후에도 주변의 도움을 받아 다시 일어설 수 있다. 당신이 혼자가 아니라는 사실을 깨닫는 것, 그리고 함께 달리며 그 속에서 새로운 에너지를 얻는 것은, 실패를 극복하는 데 중요한 열쇠다.

달리기가 실패한 사람에게 주는 효과

달리기는 실패한 사람에게 단순한 운동 이상의 의미를 지닌다. 달리기는 실패에서 벗어나 다시 도전할 수 있는 용기와 에너지를 제공하는 강력한 도구다. 달리기를 통해 우리는 작은 성공을 경험하면서 자신감을 쌓고, 기록을 통해 자신이 나아가고 있음을 확인하며, 타인과의 교류를 통해 혼자가 아니라는 사실을 깨닫게 된다.

달리기를 할 때 우리는 종종 러너스 하이라 불리는 행복감을 경험하게 된다. 달리면서 분비되는 엔도르핀과 도파민은 신체적 고통을 줄이고, 긍정적이고 고양된 감정을 불러일으킨다. 러너스 하이는 실패의 좌절감과 무기력을 극복하고, 더 나아가 지속적인 도전을 할 수 있게 하는 동기부여가 된다. 이는 단순한 기분의 변화가 아니라, 우리의 정신적 회복에 큰 기여를 한다.

또한 과학적 연구에 따르면 달리기는 뇌의 해마를 자극하고 시냅스 연결을 강화시키는 데 도움이 된다. 해마는 기억력과 학습에 중요한 역할을 하는 뇌의 영역이다. 꾸준한 달리기를 통해 해마에서 신경세포가 재생되고, 새로운 연결이 만들어져 우리의 뇌는 더 유연하고, 민첩하게 변한다. 이러한 변화는 뇌가 새로운 도전에 적응하고 문제를 해결하는 능력을 향상시킨다.

달리기는 단순한 운동을 넘어, 뇌의 가소성을 증진시키는 후천적 천재성을 키우는 도구다. 우리는 꾸준한 신체 활동을 통해 뇌를 재구성할 수 있고, 실패를 극복하며 더 뛰어난 문제 해결 능력과 창의력을 발달시킬 수 있다.

달리기는 실패의 경험을 재해석하는 기회를 제공한다. 그것은 끝이 아니라, 새로운 도전의 출발점이다. 오늘부터 짧은 거리라도 달리기 시작해 보자. 당신의 해마와 시냅스는 달리기를 통해 더 강해질 것이다. 그리고 이를 통해 당신의 삶 역시 더욱 발전하게 될 것이다.

지금 운동화를 신고, 밖으로 나가 첫 발걸음을 내딛어라. 세상을 향해 달려라, 꿈을 향해 달려라, 실패를 딛고 일어서라. 당신이 시작하는 그 순간, 삶의 새로운 페이지가 펼쳐질 것이다. 달리기는 단순한 신체

운동이 아니라, 정신적, 신경학적 회복의 강력한 도구다. 이 순간이 바로 당신의 삶을 변화시키는 첫걸음이다.

제3장

실패를 재구성하다 트리플 법칙 실천하기!

"오늘의 작은 행동이 내일의 큰 변화를 만든다."

-리처드 브랜슨

시작은 가볍게,
한 걸음부터

트리플 법칙, 그것은 사실 어렵지 않다. 누구나 할 수 있다. 너무 간단해서 오히려 쉽게 생각하고 놓쳐버릴 수 있는 법칙이다. 그러나 여기에는 하나의 함정이 있다. 너무 쉬워 보이기 때문에 진지하게 받아들이지 않거나, 시작하기조차 두려워하는 경우가 많다는 것이다.

우리는 이렇게 의문을 가질 수 있다.

'정말 이 법칙이 인생을 바꾼다고?'

'책 읽는 게 너무 지루한데, 정말 이게 필요할까?'

'글을 쓰고 싶긴 한데, 도대체 뭘 써야 하지?'

'달리기는 너무 힘든데, 내가 할 수 있을까?'

이런 의심과 두려움은 자연스러운 현상이다. 누구나 겪는다. 트리플 법칙을 실천하려고 마음먹는 순간, 우리는 지난달 읽다 만 책, 방치된 블로그, 그리고 일상화가 되어버린 운동화를 떠올린다. 스스로 '나는 할 수 없어.'라고 생각하게 되면서 마음이 무거워진다.

하지만 걱정할 필요 없다. 나도 그랬다. 우리 모두 그런 경험을 겪었을 것이다. 중요한 건, 불안과 두려움을 '행동의 동기'로 바꾸는 것이다. 불안과 흥분은 같은 호르몬에 의해 발생하며, 이를 긍정적인 에너지원으로 전환할 수 있다.

'불안과 흥분의 감정: 같은 호르몬, 다른 결과'

불안할 때 우리는 다음과 같은 증상을 느낀다.

1) 심장이 빠르게 뛴다. (아드레날린 증가)

2) 땀이 나고, 위험을 피하려는 경향이 생긴다. (코르티솔 급증)

3) 시야가 좁아지고, 다른 것에 집중하지 못한다. (노르에피네프린 증가)

흥분할 때 느끼는 증상도 사실 비슷하다.

1) 심장이 빠르게 뛴다. (아드레날린 증가)

2) 땀이 나며, 에너지가 넘친다. (코르티솔 급증)

3) 집중력이 강해지고, 도전을 즐긴다. (노르에피네프린 증가)

이처럼 불안과 흥분은 동일한 생리적 반응을 보인다. 결국, 중요한 것은 우리가 이 감정을 어떻게 해석하느냐에 달려있다. 긍정적으로 받아들이면 흥분과 도전으로 전환될 수 있고, 부정적으로 받아들이면 불안과 회피로 이어진다. 트리플 법칙을 실천하는 과정에서도 마찬가지다. 불안을 흥분으로 전환하고, 그 에너지를 활용하여 한 걸음씩 나아가면 된다.

작은 성공에서 시작하라

트리플 법칙을 시작할 때는 '작은 성공'을 쌓는 것이 중요하다. 작게 시작해도 괜찮다. 중요한 것은 꾸준히 성공의 빈도를 늘려가는 것이다. 매일 책 한 페이지를 읽고, 한 줄이라도 글을 쓰고, 몇 걸음만이라도 달려보는 것이다.

작은 성공은 자신감을 키워준다. '나는 할 수 있다.'라는 신념을 심어주고, 더 큰 도전에 대한 용기를 준다. 이어 자세히 설명하겠지만, 트와일라 타프가 말했듯, 매일 아침 택시를 부르는 작은 습관이 결국 그녀의 성공을 이끌어 낸 것처럼, 우리의 작은 습관도 결국 인생을 바꿀 수 있다.

긍정의 렌즈를 장착하라

두려움이 찾아올 때는 긍정의 렌즈를 장착하라. 스스로에게 '나는 할 수 있다.'라고 100번 속으로 외쳐보자. 이는 단순한 자기암시가 아니다. 긍정적인 확언은 우리의 뇌가 현실을 재구성하도록 돕는 강력한 도구다. 과학적으로 볼 때, 긍정적인 확언은 신경가소성(Neuroplasticity)에 기반을 둔다. 신경가소성은 우리의 뇌가 새로운 경험과 반복적인 생각을 통해 구조와 기능을 변화시킬 수 있다는 개념이다.

즉, '할 수 없다'는 부정적인 생각이 반복되면 뇌는 이를 강화하지만, '할 수 있다'는 긍정적인 확언을 반복하면 뇌는 그에 맞는 신경 경로를 새롭게 만들어 간다. 연구에 따르면 긍정적인 확언은 스트레스를 줄이고, 문제 해결 능력을 높이며, 행동 변화를 촉진하는 데 효과적이다. 또한 뇌의 편도체(Amygdala)는 감정을 처리하는 역할을 한다. 긍정적인 확언은 편도체의 반응을 조절하여 불안과 같은 부정적인 감정을 줄이는 데 도움을 준다. 이렇게 감정을 안정시키면 우리는 더 나은 결정을 내리고 목표를 달성하기 위한 행동을 시작할 수 있다.

생각의 전환은 이런 과정을 통해 이루어진다. '할 수 없다'는 말을 멈추고, '할 수 있다'는 메시지를 반복적으로 자신에게 전달하라. 이는 단순한 자기암시를 넘어, 뇌의 작동 방식을 변화시키고 긍정적인 행동을 촉진하는 과학적 도구가 된다.

트리플 법칙도 이처럼 작은 변화에서 시작된다. 책 한 권을 완독하지 못해도 괜찮다. 블로그에 긴 글을 쓰지 않아도 된다. 중요한 것은 거창한 목표가 아니라, 오늘 하루 실현 가능한 가장 작은 목표를 세우는 것이다. 그 목표를 완수하며 성취감을 느끼는 순간, 긍정의 확언은 현실이 되고 당신의 자신감은 점점 더 단단해질 것이다. 작은 성공들이 쌓일수록 그 경험은 점차 더 큰 변화를 끌어당긴다. 하루하루 쌓아가는 작은 목표와 성공의 빈도가 결국 당신의 삶을 새롭게 만들어갈 것이다.

행동의 의식으로 만들어라

트리플 법칙을 꾸준히 실천하기 위해서는 그 행동을 일상 속의 의식(ritual)으로 만드는 것이 중요하다. 성공적인 사람들의 일상에는 이러한 의식이 자리 잡고 있다. 예를 들어, 세계적인 안무가이자 무용가인 트와일라 타프는 매일 아침 택시를 불러 스튜디오로 가는 행동을 자신의 성공을 위한 의식으로 삼았다. 그녀는 현대 무용계에서 독보적인 위치를 차지하며 수많은 작품을 창작한 인물로, 꾸준함과 규칙적인 습관의 힘을 누구보다 잘 이해한 사람이다. 그녀에게 택시를 부르고 목적지를 말하는 단순한 행동은 단순한 이동이 아니라 하루의 창작 활동을 시작하는 강력한 신호였다. 이 작은 의식은 그녀를 무대와 스튜디오에서 최고로 이끈 원동력이 되었고, 오늘날 그녀가 전설적인 안무가로 기억되는 이유 중 하나다.

트리플 법칙도 마찬가지다. 아침에 일어나 책 한 페이지를 읽고, 짧은 메모를 적고, 5분 동안 산책을 하는 작은 행동들이 쌓여 일종의 의식이 된다. 이 작은 행동들이 반복되면서, 트리플 법칙은 더 이상 어렵거나 낯선 것이 아니라 자연스러운 일상의 일부로 자리 잡게 된다.

처음에는 작은 목표로 시작하는 것이 중요하다. 책을 한 장 읽거나, 글을 한 줄 쓰거나, 짧은 거리라도 달리는 것이다. 이렇게 간단한 행동을 매일 반복하다 보면 그것이 마치 양치질이나 아침 준비처럼 자동으로 이루어지는 습관이 된다.

이 의식을 통해 트리플 법칙을 실천하면서, 매일 조금씩 자신의 목표에 가까워질 수 있다. 습관이 형성되면 그 어떤 방해 요소가 생기더라도 트리플 법칙을 실천하는 것이 자연스럽게 이어진다.

시작이 어렵다면 이 세 가지 방법을 기억하자

1) 작은 성공을 떠올려라.

과거에 성공했던 작은 경험을 떠올려 자신감을 되찾자.

2) 긍정의 렌즈를 장착하라.

할 수 있다는 생각을 반복해 스스로에게 동기를 부여하자.

3) 행동의 의식을 만들어라

아침에 택시를 부르듯, 작은 행동으로 의식을 만들고, 트리플 법칙의 실천을 일상화하라.

시작은 가볍게 하라. 지금 당장 책 한 페이지를 읽고, 짧은 글을 쓰고, 몇 걸음만 달려보자. 작고 꾸준한 습관이 쌓이면 당신의 삶은 자연스럽게 변화할 것이다.

"시작하지 않으면 변화는 일어나지 않는다. 지금 바로 시작하라."

매일 읽고, 매일 쓰고, 매일 달리기

우리가 인생의 목표를 달성하려면 결국 그 출발점은 행동이다. 계획이 아무리 완벽해도, 꿈이 아무리 멋져도, 이를 실천하지 않으면 그저 머릿속의 환상에 불과하다. 부정적인 감정들, 예를 들어 무기력, 자존감 하락, 불안 같은 것들은 행동하지 않을 때 더 강하게 찾아온다. 하지만 그 부정적인 상태를 이겨내는 유일한 방법은 작은 행동에서 시작하는 것이다.

트리플 법칙은 단순하다. 매일 읽고, 쓰고, 달리는 것이다. 말 그대로 간단하다. 하지만 실천해 본 사람들은 안다. 그 간단함 뒤에 숨겨진 장애물들을. 아무리 간단해 보여도 그 시작이 어렵고, 막상 행동으로 옮기려면 온갖 불안과 의심이 찾아온다.

'정말 책 읽는다고 인생이 바뀔까?'

'매일 글을 쓴다고 해서 무슨 변화가 있을까?'

'달리기는 힘들고 재미없잖아.'

이런 의심과 불안이 마음속에서 끊임없이 우리를 주저하게 만든다. 앞서 말했듯이 두려움과 흥분은 같은 뿌리를 가지고 있다. 그 차이는 오직 우리의 해석에 달려있다. 실패할까 봐 두려워하지 말고, 새로운 도전을 향한 흥분을 느껴라. 작은 성공을 쌓으면서 천천히 나아가는 것이다.

행동의 중요성, 트리플 법칙의 실천

트리플 법칙의 핵심은 바로 매일 실천하는 것이다. 매일 읽고, 매일 쓰고, 매일 달리기를 통해 우리는 작은 성공을 경험하고, 그 작은 성공들이 쌓여 삶의 변화를 이끌어 낸다.

◆ 매일 읽기: 책을 읽는 것은 단순히 정보를 얻는 것이 아니다. 지식의 폭을 넓히고, 사고력을 확장시키는 것이다. 매일 한 페이지라도 읽다 보면 그 지식이 쌓여서 새로운 통찰과 관점을 얻게 된다.

◆ 매일 쓰기: 쓰기는 생각을 정리하고, 내면의 목소리를 표현하는 가장 좋은 방법이다. 처음에는 글을 쓰는 것이 어려울 수 있다. 그러나 매일 한 문장이라도 쓰는 습관을 들이면 점차 자신을 더 잘 이해하게 되고, 사고력과 표현력이 발전하게 된다.

◆ 매일 달리기: 달리기는 신체적인 건강뿐만 아니라, 정신적인 회복에도 큰 도움을 준다. 매일 달리기를 통해 스트레스를 해소하고, 몸과 마음을 함께 단련할 수 있다. 특히 실패와 같은 감정적 부담이 있을 때, 달리기는 그 부담을 가볍게 해주는 역할을 한다.

트리플 법칙을 매일 실천하기 위해서는 작은 변화를 일상에 적용하는 구체적인 전략이 필요하다. 이러한 전략들은 삶 속에 쉽게 통합할 수 있으며, 실천하는 데 있어 부담을 덜어준다. 다음은 이 법칙을 매일 꾸준히 실천할 수 있도록 도와주는 몇 가지 방법들이다.

1. 시간을 블록으로 나누어라

트리플 법칙을 일상 속에서 실천하기 위해 가장 기본적인 방법은 시간을 분배하는 것이다. 하루 중 특정 시간대를 정해, 독서, 글쓰기, 운동에 집중하는 블록을 만든다.

예를 들어

1) 아침 20분: 간단한 스트레칭과 5분 달리기

2) 점심시간 10분: 책 한 챕터 읽기

3) 저녁 15분: 오늘 하루에 대한 짧은 글쓰기

시간을 미리 블록으로 나누어 할 일을 계획해 두면 계획을 따르기가 훨씬 쉬워진다. 스케줄에 따라 생활 패턴을 맞추다 보면 이러한 행동이 자연스럽게 습관으로 자리 잡는다.

2. 스마트폰 알림을 활용하라

하루가 바쁘다 보면 독서나 글쓰기를 깜빡 잊고 지나칠 때가 있다. 이때 스마트폰의 알림 기능을 활용하면 잊지 않고 매일 실천할 수 있다. 특정 시간에 알림을 설정해 놓고, 그 시간에 맞춰 행동하는 것이다.

이를테면:

1) 오전 7시 알림: 아침에 10분 달리기

2) 오후 1시 알림: 점심시간에 5페이지 읽기

3) 저녁 9시 알림: 하루를 마무리하며 글쓰기

이처럼 알림은 행동을 미루는 습관을 방지하고, 계획대로 진행할 수 있게 도와준다.

3. 최소 기준을 설정하라

매일 트리플 법칙을 지키려면 최소 기준을 설정하는 것이 중요하다. 하루에 1시간 달리기나 50페이지 읽기를 목표로 삼으면 부담감이 생겨 포기할 수 있다. 하지만 매일 1페이지 읽기, 한 문장 쓰기, 5분 달리기처럼 매우 간단한 목표를 세우면 시작하는 것 자체가 훨씬 쉬워진다. 이렇게 작은 성취를 통해 매일의 성공 경험을 쌓아가면 점차 더 큰 목표도 자연스럽게 이루어질 수 있다.

4. 친구와 함께 실천하라

누군가와 함께 트리플 법칙을 실천하면 책임감과 동기부여가 더 강력해진다. 매일 읽은 책의 내용을 친구와 공유하거나, 함께 글을 쓰고 의견을 교환하는 식으로 서로 피드백을 주고받으면 지속성이 높아진다. 달리기는 친구나 동료와 함께할 때 더 재미있고 꾸준히 할 수 있는 운동이다. 함께 도전하고 서로 격려하면서 목표를 향해 나아가는 과정에서, 자연스럽게 트리플 법칙이 습관으로 자리 잡는다.

5. 시각적으로 기록하라

매일의 성취를 눈으로 확인할 수 있도록 기록하면 트리플 법칙을 실천하는 과정에서 동기부여가 강화된다. 예를 들어, 체크리스트를 만들어 오늘 읽은 페이지 수, 쓴 글의 분량, 달린 시간을 기록하고, 이를 시각적으로 확인하는 것이다. 매일 성취감을 느끼면서 한 걸음 더 나아가려는 의지가 생긴다. 기록을 통해 자신이 얼마나 성장했는지를 확인할 수 있다.

6. 주변 환경을 활용하라

트리플 법칙을 꾸준히 실천하기 위해서는 주변 환경을 최대한 활용하는 것이 효과적이다. 우리 일상에서 행동을 실천하기 위해 필요한 도구들을 가까이에 두고, 그 도구들이 쉽게 눈에 보이도록 배치하는 것은 행동을 촉진하는 중요한 방법이다. 이는 **'시각적 자극'**을 통해 행동을 촉발시키는 원리로, 습관을 더 쉽게 만들 수 있다.

1) 책을 눈에 띄는 곳에 두어라

독서를 일상화하려면 책을 항상 눈에 보이는 곳에 두는 것이 중요하다. 예를 들어, 침대 옆 협탁이나 소파 옆 테이블 같은 쉽게 접근할 수 있는 곳에 책을 두면 자연스럽게 책을 손에 들기 쉬워진다. 눈앞에 책이 보이면 더 자주 읽게 되고, 그만큼 독서 습관이 형성되기 쉬워진다. 또한 항상 휴대폰을 집어 들지 않도록 책을 휴대폰이 있는 곳에 함께 놓아 선택의 기회를 주는 것도 좋은 방법이다.

2) 글쓰기 도구를 준비하라

글쓰기를 꾸준히 하기 위해서는 노트와 펜, 또는 노트북을 항상 사용할 수 있는 곳에 배치하는 것이 좋다. 책상 위에 항상 열려있는 노트북이나, 노트를 책상 한편에 준비해 두면 글을 쓰고 싶을 때 즉시 시작할 수 있다.

또한 작은 포스트잇이나 메모지를 자주 사용하는 공간에 비치해 두면 순간적으로 떠오르는 생각을 바로 적어둘 수 있다. 글쓰기 도구가 언제나 준비되어 있으면 글쓰기를 일상으로 받아들이기가 훨씬 더 수월해진다.

3) 운동화를 눈에 보이는 곳에 둬라

달리기 습관을 유지하는 데 있어 운동화와 운동복을 미리 준비해 두는 것도 큰 도움이 된다. 달리기를 하려면 필요한 운동화를 현관문 옆이나 신발장 위에 배치해 두자. 운동복도 눈에 잘 띄는 곳에 두어, 달리기 전에 준비 과정에서 불필요한 시간을 낭비하지 않도록 하라. 운동화를 눈에 잘 보이는 곳에 두는 것만으로도 '운동을 해야겠다'는 자극을 받게 된다. 또한 운동할 때 필요한 스마트워치나 이어폰을 미리 준비해 두면 운동 준비가 간단해지고 더 자주 실천할 수 있다.

4) 미리 준비된 공간 만들기

실천할 행동과 관련된 물리적 공간을 미리 정해두는 것도 중요하다. 많은 사람들이 서재를 만드는 이유는 독서나 글쓰기 같은 활동에 집중할 수 있는 전용 공간을 마련하기 위해서다. 서재는 조용하고 방해받지 않는 환경을 제공하며, 특정 행동에 몰입하도록 돕는 역할을 한다.

하지만 굳이 서재가 있어야만 독서를 시작할 수 있는 것은 아니다. 독서 공간은 반드시 특별하거나 화려할 필요가 없다. 편안한 의자가 있는 거실 한쪽, 햇빛이 드는 창가, 혹은 잠깐의 여유를 즐길 수 있는 화장실도 훌륭한 독서 공간이 될 수 있다. 중요한 것은 책을 읽기 좋은 환경을 스스로 정의하고, 그 공간을 활용해 행동을 시작하는 것이다.

미리 준비된 공간은 그 행동을 보다 쉽게 시작하게 만들어 준다. 책

한 권과 편안한 의자, 글을 쓰기 위한 노트와 펜, 혹은 현관 옆에 놓인 운동 도구처럼 작은 준비물만으로도 우리의 물리적 환경은 행동을 촉구하는 강력한 도구가 될 수 있다.

5) 디지털 환경도 준비하라

디지털 도구를 사용하는 사람이라면 디지털 환경도 정리하는 것이 중요하다. 예를 들어, 스마트폰 앱 화면 첫 페이지에 독서 앱이나 글쓰기 앱을 배치하거나, 알림 기능을 통해 매일 정해진 시간에 책을 읽거나 글을 쓰도록 유도할 수 있다. 또한 컴퓨터 바탕화면에 글쓰기 문서 파일을 항상 고정해 두어 언제든 글을 바로 쓸 수 있게 하는 것도 좋은 방법이다. 디지털 환경 역시 실천에 중요한 역할을 하므로, 매일 쉽게 접근할 수 있도록 배치하라.

6) 불필요한 방해 요소 제거

마지막으로, 주의를 분산시키는 불필요한 방해 요소를 제거하는 것도 환경 설정의 중요한 부분이다. 예를 들어, TV 리모컨을 멀리 두거나 자주 사용하는 소셜 미디어 앱을 일시적으로 비활성화하는 등의 방법으로 집중할 수 있는 환경을 조성해 보라. 방해 요소가 줄어들면 독서, 글쓰기, 달리기를 실천하기가 훨씬 쉬워진다. 또한 일정 시간 동안 핸드폰을 상자에 보관하여 잠금을 풀 수 없게 하는 도구를 활용하는 것도 효과적이다. 이러한 도구는 디지털 기기에 대한 의존을 줄이고, 그 시간 동안 다른 일에 몰입할 수 있는 환경을 만들어준다.

『인플루언서의 글쓰기』의 저자 스펜서는 자신에게 글쓰기에 가장 적합한 장소는 비행기 안이라고 말했다. 비행기 모드는 외부의 방해를 원천적으로 차단하며, 오롯이 자신의 생각에 집중할 수 있는 환경을 제공하기 때문이다. 이처럼 물리적 방해 요소를 줄이고 자신만의 집중 환경을 만드는 것은 창의력과 생산성을 높이는 데 큰 도움이 된다. 작은 변화로도 우리의 환경은 행동을 촉진하는 강력한 도구로 바뀔 수 있다. 방해 요소를 제거하고, 집중할 수 있는 환경을 만들어 목표를 향한 첫 발을 내디뎌 보자.

7. 보상 시스템을 만들어라

트리플 법칙을 꾸준히 실천하기 위해서는 자신에게 적절한 보상을 주는 것이 큰 동기부여가 될 수 있다. 인간은 보상에 반응하는 경향이 강하기 때문에, 목표를 달성할 때마다 스스로에게 작은 보상을 제공하면 성취감이 배가되고, 다음 행동을 더 쉽게 실천할 수 있게 된다. 이러한 보상은 단순히 기쁨을 주는 것 이상의 역할을 한다. 우리의 뇌는 보상을 통해 도파민을 분비하며, 그 경험을 반복하고자 하는 욕구를 만들어내기 때문이다.

1) 작은 보상으로 시작하라

보상은 크지 않아도 충분히 효과적이다. 예를 들어, 책을 30분 읽고 나면 좋아하는 간식을 먹거나, 짧은 휴식 시간을 가질 수 있다. 글을 500자 이상 쓰거나, 달리기를 끝낸 후에는 즐겨보는 유튜브 영상 시청이나 게임을 통해 자신에게 보상을 줄 수 있다. 이처럼 작은 보상이라도, 목표를 달성한 후에 자신을 격려하는 것은 매우 중요한 과정이다. 작은 성공을 경험할 때마다 스스로에게 보상을 제공하면 행동을 반복하는 동기가 자연스럽게 형성된다.

2) 일관된 보상 시스템을 만들라

보상을 줄 때는 일관성이 중요하다. 매일 목표를 달성했을 때, 같은 유형의 보상을 제공하여 행동과 보상을 연결시키는 것이 좋다. 예를 들어, 독서를 매일 30분 하면 그날 저녁 좋아하는 음식을 먹거나, 목표를 달성한 날에만 영화를 보는 습관을 들이는 것이다. 이러한 일관된 보상 시스템은 우리 뇌가 그 패턴을 인식하게 하여, 행동과 보상 사이의 연결 고리를 강화하고, 목표를 꾸준히 실천할 수 있는 동기를 높여준다.

3) 주간 또는 월간 보상 시스템을 추가하라

매일 작은 보상 외에도, 주간이나 월간 보상을 설정하는 것도 동기부여에 도움이 된다. 예를 들어, 한 주 동안 매일 목표를 달성했다면 주말에 스파나 마사지, 또는 친구들과의 외식 같은 조금 더 큰 보상을 제공할 수 있다. 한 달간 트리플 법칙을 모두 실천했다면 여행이나 쇼핑 등 더 큰 보상을 스스로에게 주는 것도 좋은 방법이다. 이러한 장기적인 보상 시스템은 꾸준함을 유지하는 데 큰 동기부여를 제공한다.

4) 즉각적인 보상과 지연된 보상의 균형을 맞춰라

즉각적인 보상은 행동 직후 바로 제공하는 작은 보상을 의미하고, 지연된 보상은 일정 기간 동안 꾸준히 목표를 달성한 후 주는 큰 보상을 말한다. 예를 들어, 매일 5분 달리기를 하면 즉각적으로 좋아하는 간식을 먹는 보상을 주고, 한 달 동안 매일 달리기를 실천했다면 새 운동화를 사 주는 지연된 보상을 설정할 수 있다. 이처럼 즉각적인 보상과 지연된 보상을 균형 있게 설정하면 단기적 성취감과 장기적 목표 달성 모두를 이루는 데 큰 도움이 된다.

5) 비물질적인 보상도 고려하라

보상은 반드시 물질적인 것일 필요는 없다. 때로는 비물질적인 보상이 더 큰 동기부여가 될 수 있다. 예를 들어, 스스로에게 칭찬하기, 성취감을 느끼며 스스로를 자랑스러워하기 등의 정신적 보상도 충분히 효과적이다. 또한 명상 시간이나 책 속에서 가장 감명 깊었던 구절을 되새기기 등, 감정적 보상을 주는 것도 동기부여를 강화할 수 있는 방법이다.

6) 소셜 보상을 활용하라

주변 사람들과 목표를 공유하고 소셜 미디어에 자신의 성취를 게시하는 것도 큰 보상이 될 수 있다. 예를 들어, 매일 달리기를 실천한 기록을 SNS에 공유하거나, 친구나 가족에게 자신의 성과를 이야기하는 것만으로도 성취감을 느끼고, 그에 따른 칭찬과 격려를 받을 수 있다. 이러한 소셜 보상은 자신을 계속해서 행동하도록 만드는 강력한 동기가 된다.

트리플 법칙의 실천은 처음에는 작고 사소해 보일지 모르지만, 꾸준함을 통해 인생의 큰 변화를 불러일으킬 수 있는 강력한 도구이다. 매일 읽고, 매일 쓰고, 매일 달리는 이 간단한 행동들은 결국 당신의 삶을 점진적으로 변화시키고, 지속적인 성장을 이끌어 낸다. 중요한 것은 매일의 작은 행동이 쌓여 큰 성공을 만든다는 사실을 잊지 않는 것이다.

이 법칙을 지속적으로 실천하기 위해서는 환경을 설정하고, 작은 목표로 시작하며, 자신을 격려하는 보상 시스템을 활용하는 것이 필요하다. 이를 통해 트리플 법칙은 당신의 일상에 자연스럽게 자리 잡을 것이며, 그 과정에서 당신은 새로운 자신을 발견하게 될 것이다.

궁극적으로, 이 법칙의 실천은 단순히 일상의 루틴을 넘어서, 더 나은 자기 자신을 만들어나가는 여정이다. 오늘의 작은 행동이 내일의 더 나은 당신을 만들 것이다. 지금 당장 실천하라. 작은 발걸음부터 시작해 보라. 당신의 인생은 그 순간부터 변화하기 시작할 것이다.

꾸준함이 실패를 성공으로 바꾼다

성공과 실패를 가르는 가장 중요한 요소 중 하나는 바로 꾸준함이다. 흔히 우리는 큰 성공을 이룬 사람들을 보며 그들의 재능이나 운에 주목하지만, 그 뒤에는 오랜 시간 동안 포기하지 않고 꾸준히 노력한 과정이 숨어있다. 꾸준함은 마치 작은 물방울이 바위를 뚫는 것과 같다. 눈에 보이지 않을 정도로 작은 변화라도, 시간이 쌓이면 그 결과는 강력하다.

실패는 누구나 겪는 과정이다. 중요한 것은 실패 자체가 아니라, 그 실패 후에 어떻게 다시 일어서는가이다. 꾸준함은 그 실패를 성공으로 전환시키는 가장 확실한 방법이다. 한 번의 실패가 인생의 끝을 의미하지 않으며, 꾸준히 노력한다면 그 실패조차도 값진 경험으로 바뀔 수 있다.

실패는 일시적인 것, 꾸준함은 영원한 것

많은 사람들이 실패를 영원한 것으로 착각한다. 하지만 실패는 하나의 사건일 뿐이다. 오늘 달리기에 실패했다고 해서 내일도 실패할 것이란 보장은 없다. 오히려 실패를 통해 무엇이 잘못되었는지 배우고, 그 교훈을 바탕으로 꾸준히 나아가면 결국 성공에 더 가까워질 수 있다.

꾸준함이 중요한 이유는 바로 이 때문이다. 오늘의 작은 실천이 쌓이고 쌓여 어느 순간 성공으로 이어진다. 실패를 두려워하지 않고, 그 실패를 통해 무엇을 배울 수 있을지를 생각하며 한 걸음씩 나아가면 된다. 매일 꾸준히 읽고, 쓰고, 달리는 작은 실천들이 결국 더 큰 목표를 이루는 밑거름이 된다.

꾸준함의 힘을 믿어라

단기적인 성과를 기대하는 사람들은 작은 실패에 쉽게 좌절할 수 있다. 하지만 꾸준함을 가진 사람들은 작은 실패가 성공을 위한 과정임을 알고 있다. 작가들이 매일 한 문장씩 쓰며 소설을 완성하는 것처럼, 달리기 선수들이 매일 훈련을 통해 기록을 경신하는 것처럼, 우리는 매일의 작은 실천을 통해 큰 성공에 가까워진다.

실패는 그 자체로 끝이 아니다. 오히려 꾸준함이 있다면 실패는 배움의 기회가 된다. 실패 후에도 멈추지 않고 꾸준히 나아가는 사람이 결국 더 큰 성장을 이룰 수 있다. 하루하루의 작은 행동이 쌓이면 결국 그 끝에는 우리가 상상하지 못했던 성취가 기다리고 있다.

지속 가능한 속도로 가라

꾸준함의 핵심은 지속 가능성이다. 너무 빠르게 달리려 하다가 지쳐서 멈추는 것보다는, 자신의 속도에 맞춰 천천히 그러나 꾸준히 나아가는 것이 중요하다. 매일 읽고, 쓰고, 달리는 트리플 법칙을 실천할 때도 마찬가지다. 한꺼번에 너무 많은 것을 시도하려고 하지 말고, 자신이 감당할 수 있는 작은 목표부터 설정하라.

작은 성과를 조금씩 쌓아가다 보면 어느새 큰 변화를 이루게 된다. 이 과정에서 중요한 것은 자신에게 맞는 속도를 찾는 것이다. 꾸준함은 마라톤과 같다. 짧은 시간에 큰 성과를 기대하는 것이 아니라, 꾸준히 목표를 향해 나아가는 것이 성공을 위한 비결이다.

꾸준함은 신뢰를 만든다

꾸준히 행동하는 사람은 자신에 대한 신뢰를 쌓을 수 있다. 매일 일정한 시간을 투자해 자신이 정한 목표를 달성하는 것은 자기 자신에 대한 신뢰를 강화하는 가장 효과적인 방법이다. 작은 목표를 매일 성취할 때 우리는 스스로에게 '나는 이 일을 해낼 수 있다'는 메시지를 보낸다.

제임스 클리어는 그의 저서 『아주 작은 습관의 힘』에서 "매일의 작은 습관이 결국 우리의 정체성을 결정한다."라고 말한다. 즉, 반복되는 행동을 통해 우리는 자신에 대한 신뢰를 쌓아가고, 그 신뢰가 우리의 정체성을 강화하는 것이다.

자기 신뢰가 쌓이면 더 큰 목표를 세우고 그 목표를 달성할 수 있는 힘이 생긴다. 또한 꾸준히 성실하게 실천하는 사람은 주변 사람들에게도 신뢰를 준다. 클리어는 이어서 이렇게 말한다. "성공은 한 번에 이뤄지는 것이 아니라, 반복된 선택의 결과다". 작은 성공들을 꾸준히 쌓아가는 사람은 결국 더 많은 기회를 얻게 되고, 더 많은 성취를 이룰 수 있다.

로버트 콜리어는『꿈을 이루어 주는 책』에서 "성공은 한 번에 이루어지는 것이 아니다. 반복된 행동이 쌓여 궁극적인 결과를 만들어낸다."라고 했다. 이 말처럼 꾸준함이란 목표 달성을 위한 반복된 작은 행동들이 모여 결국 더 큰 성공을 이루는 과정이다. 결국, 꾸준함은 자신에게뿐만 아니라, 주변 사람들에게도 신뢰를 주는 가장 중요한 덕목이 된다.

꾸준함으로 성공을 만든 사람들

역사적으로 큰 성공을 이룬 사람들을 살펴보면 그들은 단번에 성공하지 않았다. 그들의 길은 수많은 실패와 좌절로 가득했지만, 중요한 것은 포기하지 않고 꾸준히 나아갔다는 점이다.

토마스 에디슨은 그 대표적인 예다. 그는 전구를 발명하기까지 약 1,000번 이상의 실패를 경험했다. 그럼에도 불구하고, 에디슨은 "나는 실패한 적이 없다. 나는 잘못된 1,000가지를 발견했을 뿐이다."라며 자신이 실패를 학습의 기회로 삼았음을 강조했다.

에디슨의 꾸준한 실험과 개선은 결국 전구 발명이라는 역사적인 성공을 이루어냈다. 그의 성공은 꾸준함의 결과물이며, 포기하지 않는 마음이 어떻게 위대한 발명을 이끌어 낼 수 있는지를 보여준다.

마이클 조던 역시 수많은 좌절을 겪은 후 농구 역사상 최고의 선수로 자리 잡았다. 그는 농구 선수로서의 여정 초기에 고등학교 팀에서 탈락하는 경험을 했다. 하지만 조던은 이에 굴하지 않고 꾸준히 훈련을 지속했고, 자신을 갈고닦으며 최고의 선수로 성장했다. 그는 이렇게 말했다.

"나는 내 경력에서 9,000번의 슛을 놓쳤고, 300번의 경기를 졌다. 26번의 경기에서 팀이 나에게 승리의 슛을 맡겼지만, 나는 그 슛을 놓쳤다. 나는 반복적으로 실패했다. 그래서 나는 성공했다". 그의 이 말은 실패를 두려워하지 않고 꾸준히 나아가는 것이 성공의 열쇠임을 보여준다.

J.K. 롤링도 이 꾸준함의 힘을 잘 보여준다. 그녀는 『해리 포터』 원고를 12개의 출판사에서 거절당했다. 이 정도의 거절을 당하면 포기할 수도 있지만, 롤링은 자신의 이야기를 믿었고, 결국 한 출판사에서 그녀의 재능을 알아봐 주었다. 오늘날, 『해리 포터』 시리즈는 세계에서 가장 사랑받는 책 중 하나가 되었고, 그녀는 전 세계적으로 영향력을 발휘하는 작가가 되었다.

이처럼 꾸준함은 그저 포기하지 않고 계속 나아가는 과정이다. 스티브 잡스도 애플에서 쫓겨난 후에도 혁신을 멈추지 않았고, 다시 애플로 돌아와 세상을 바꾼 아이폰을 만들었다. 그의 끈기와 꾸준한 노력은 개인적인 실패조차도 성공으로 바꿀 수 있음을 보여준다.

제7장에서 앞서 이야기한 성공자들의 자세한 실패 여정을 다룰 예정이지만, 여기서 우리가 배워야 할 가장 중요한 핵심은 바로 '꾸준함'이다. 실패에 주저앉지 않고, 그 실패를 성공으로 바꾸기 위한 작은 실천을 계속 이어간다면 마침내 우리가 꿈꾸던 목표에 도달할 수 있다. 성공은 한순간에 이루어지지 않는다. 작은 도전과 꾸준한 노력이 쌓여야만 가능하다. 지금의 작은 걸음이 언젠가 큰 변화를 만들어 낼 것이다. 중요한 것은 속도가 아니라, 멈추지 않고 앞으로 나아가는 것이다.

오늘부터 시작하라

결국, 꾸준함은 우리가 매일 실천할 수 있는 가장 강력한 도구다. 그러나 꾸준함이 반드시 연속적으로 끊기지 않고 계속 이어져야만 하는 것은 아니다. 도전하다가 포기할 수도 있고, 실패를 경험할 수도 있다. 꾸준함은 그 과정에서의 잠깐의 멈춤이나 포기도 포함된다. 중요한 것은 다시 시작하는 것이다.

지금 당장 트리플 법칙을 실천하라. 매일 한 페이지의 책을 읽고, 한 줄의 글을 쓰며, 5분이라도 달리기를 해보라. 이 작은 실천들이 쌓여 큰 변화를 만들 것이다. 꾸준함이야말로 실패를 성공으로 바꾸는 가장 강력한 방법이다.

꾸준함은 단순히 매일 성과를 쌓아가는 것이 아니다. 그것은 넘어지고, 다시 일어나는 과정을 반복한다는 사실을 포함한다. 누구나 중간에 포기하고 싶은 순간을 맞이하게 된다. 때로는 계획한 목표를 달성하지 못하거나, 계속해서 좌절을 겪기도 한다. 중요한 것은 한 번의 실패에 좌절하지 않고 다시 도전하는 것이다.

꾸준함은 완벽함을 추구하는 것이 아니다. 오히려 멈추더라도 다시 시작할 수 있는 용기가 바로 꾸준함이다. 실패가 있어도, 작고 일관된 노력을 반복하는 것이 진정한 꾸준함이다. 우리가 이루고자 하는 모든 목표는 완벽하지 않은 순간들을 통해 다져진다.

실패는 꾸준함의 일부다. 중요한 것은 그 실패를 어떻게 받아들이고 다시 도전할 수 있는가에 있다. 넘어지더라도 다시 일어나, 더 강한 마음으로 한 발짝 더 나아가는 것이 성공의 비결이다. 오늘부터 시작하라. 넘어져도 다시 일어나 실천을 이어가는 꾸준함이야말로 진정한 성공의 열쇠다.

트리플 법칙을 활용한 나만의 성공법 찾기

트리플 법칙을 활용하기 위해서는 가장 먼저 '자신을 이해하는 것'이 필요하다. 당신이 인생에서 진정으로 이루고 싶은 목표는 무엇인가? 이 질문은 단순하지만 그 답을 찾는 과정은 매우 중요하다. 목적의식 없이 매일 책을 읽고, 글을 쓰고, 달리는 것은 그저 무의미한 반복에 불과할 수 있다.

목적의식이 있을 때, 우리는 우리의 매일의 실천이 더 큰 목표로 나아가는 길임을 자각하게 된다. 인생에서 이루고 싶은 목표, 자신의 가치를 발견하는 것이 트리플 법칙을 통해 성공으로 나아가는 첫 번째 단계다.

예를 들어, '지금 한 달만 살 수 있다면 무엇을 하고 싶은가?'라는 질문을 던져보자. 이 질문은 당신이 진정으로 무엇을 원하는지, 어떤 가치를 추구하는지 깨닫게 해줄 수 있다. 이 질문을 통해 우리는 목적의식을 발견하고, 그 목적을 이루기 위한 구체적인 실천 방법을 찾아 나갈 수 있다.

시작은 작은 질문에서부터

트리플 법칙의 실천은 단순한 행동의 반복이 아니다. 그것은 자신을 이해하고, 자신의 인생에서 진정으로 원하는 것이 무엇인지를 발견하는 과정이다. 작은 질문에서 시작하라. 당신의 목적의식을 찾아, 그 목적을 이루기 위해 트리플 법칙을 꾸준히 실천하라.

지금 종이를 꺼내라. 당신이 이루고 싶은 목표를 적어보고, 그 목표를 향해 매일 작은 질문을 던져라. 그 질문들이 결국 당신을 성공으로 이끄는 길잡이가 될 것이다. '지금부터 딱 한 달만 살 수 있다면?'이라는 질문에 답하는 것처럼, 진정으로 이루고 싶은 것에 집중하고, 그것을 위한 작은 실천을 멈추지 마라.

질문을 통해 삶을 이끌어라

질문은 생각을 자극하고, 우리의 잠재의식을 움직이는 강력한 도구다. 아인슈타인은 '만약 내가 살해당할 위기에 처했을 때, 살아남을 방법을 찾기 위해 1시간이 주어졌다면 처음 55분은 적절한 질문을 찾는 데 쓸 것입니다.'라고 말했다. 이처럼 적절한 질문은 문제를 해결하고, 목표를 이루기 위한 첫걸음이 될 수 있다.

트리플 법칙을 제대로 활용하기 위해서도 먼저 자신에게 중요한 질문을 던져야 한다. 자신에게 맞는 목표와 이유를 발견할 때, 매일의 실천은 더 의미 있고, 지속 가능한 것이 된다. 예를 들어, 다음과 같은 질문을 던져보자.

'내가 매일 읽고 싶은 책은 무엇인가?'
'글을 쓰면서 무엇을 이루고 싶은가?'
'왜 매일 달리기를 해야 하는가?'

이 질문들은 우리의 뇌를 자극하여 매일의 실천이 단순한 일상이 아닌, 목적을 지닌 의미 있는 활동으로 다가오게 한다. 『비상식적 성공법칙』의 저자인 간다 마사노리는 목표와 질문이 뇌에 미치는 영향을 강조했다.

"뇌의 경이로운 구조를 생각하면 목표는 많을수록 좋다. 100가지 질문을 하면 100개의 검색엔진이 동시에 작동하여 그 답을 찾아낸다."라고 말했다. 이는 우리의 뇌가 무의식적으로도 질문에 대한 답을 찾기 위해 24시간 동안 작동한다는 점을 시사한다.

질문은 우리의 잠재의식을 자극하고, 생각하지 않았던 아이디어와 해결책을 떠올리게 한다. 이를 통해 목표를 향한 실천이 더욱 명확해지며, 뇌는 우리의 의식적인 노력이 멈추더라도 그 질문에 대한 답을 계속해서 찾으려고 노력한다.

마사노리는 성공을 이루기 위해서는 목표와 질문을 명확히 하고, 뇌의 메커니즘을 활용해야 한다고 설명한다. 당신이 던진 질문은 곧 성공으로 가는 길을 열어준다. '왜'라는 질문을 계속해서 던지면 당신의 뇌는 그 답을 찾기 위해 끊임없이 탐색하고, 당신의 목표를 실현할 방법을 찾아낼 것이다.

결국, 중요한 것은 꾸준히 스스로에게 질문을 던지고, 그 질문이 뇌를 통해 답을 찾을 수 있도록 하는 것이다. 뇌는 계속해서 그 답을 찾기 위한 자원을 모아 목표 달성을 향해 나아가게 한다.

뇌의 메커니즘을 활용하라

뇌는 우리가 던지는 질문에 반응하고, 그 질문에 대한 답을 끊임없이 찾아내는 복잡하고 정교한 메커니즘을 가지고 있다. 뇌는 단순히 정보를 처리하는 도구가 아니라, 우리의 목표를 이루기 위한 '지휘본부'와도 같다. 질문을 던지는 순간 우리의 뇌는 마치 검색엔진처럼 작동해 필요한 정보를 찾아내고, 목표 달성을 위한 기회를 감지하려는 끊임없는 노력을 시작한다.

과학적으로 설명하자면 뇌는 우리가 무언가를 강하게 원할 때 시상하부와 같은 중요한 역할을 하는 부위를 활성화시키고, 이 정보를 처리하기 위해 전두엽이 논리적 분석과 계획 수립을 시작한다. 우리가 설정한 목표나 던진 질문에 대해 뇌는 24시간 쉬지 않고 정보를 탐색하는 과정을 진행한다.

이는 우리가 의식적으로는 인지하지 못하더라도, 무의식적으로 뇌가 계속해서 목표와 관련된 정보를 모으고 있다는 뜻이다. 이 메커니즘을 활용하는 방법 중 하나가 시각화다. 원하는 목표를 명확하게 시각화해 보고, 매일 그것을 떠올려보라. 시각화를 통해 뇌는 그 목표를 이루기 위한 기회를 포착하려 하고, 우리의 잠재의식은 그 목표를 달성할 방법을 찾는 데 집중하게 된다.

이를 '레티큘러 활성화 시스템(RAS)'이라고 부른다. 이 시스템은 우리가 특정 목표나 의도에 집중하면 관련된 정보와 기회를 더 잘 감지하게 만드는 역할을 한다. 예를 들어, 당신이 특정 자동차를 갖고 싶다고 계속 생각하고, 그것을 시각화한다면 갑자기 그 자동차가 주변에 많이 보이거나 그 차를 살 수 있는 방법이 눈에 띄기 시작하는 것이다.

RAS의 작용 덕분이다. 우리의 뇌는 그 목표와 관련된 모든 가능성을 탐지하고, 정보를 모아서 행동으로 연결할 수 있는 기반을 마련해 준다. 트리플 법칙을 활용할 때도 이 뇌의 메커니즘을 최대한 활용할 수 있다. 독서, 글쓰기, 달리기라는 작은 목표를 매일 실천하며, 이들 각각이 장기적으로 어떻게 더 큰 목표와 연결될지를 시각화하라.

그 목표를 구체화하고, 이를 뇌에 꾸준히 입력하면 뇌는 그 목표를 이루기 위한 정보와 방법을 끊임없이 찾아낼 것이다. 궁극적으로 우리의 뇌는 엄청난 능력을 가지고 있으며, 이 메커니즘을 활용해 잠재의식을 자극하면 목표 달성이 더 쉬워진다. 중요한 것은 우리가 던지는 질문의 질이다.

목표를 명확히 하고, 뇌가 그 목표를 향해 작동할 수 있도록 질문과 시각화를 활용하라. 여기서 중요한 것은 질문을 구체적으로 설정하는 것이다. 예를 들어, '어떻게 더 성공할 수 있을까?'라는 막연한 질문 대신, '내가 지금 해야 할 가장 작은 행동은 무엇인가?' 또는 '하루에 30분씩 시간을 확보하려면 어떤 습관을 바꿔야 할까?'와 같이 구체적이고 실행 가능한 질문을 던져야 한다. 뇌는 우리가 던진 질문에 답을 찾기 위해 끊임없이 노력한다. 따라서 질문이 구체적일수록, 뇌는 더 명확한 방향으로 작동하게 된다. 시각화와 함께 구체적인 질문을 활용하면 목표를 향해 나아가는 과정이 더욱 분명하고 효과적으로 펼쳐질 것이다.

자신만의 트리플 법칙 성공 전략 만들기

앞서 내가 처음 책을 읽으려 했을 때, 난독증에 시달렸다고 고백한 적이 있다. 물론 이 난독증이 객관적인 진단을 받은 것은 아니었지만, 나에게는 책을 읽는 것이 엄청나게 힘든 도전처럼 느껴졌다. 그래서 마음을 굳게 먹고, 한 달 안에 책 5권을 읽겠다는 다짐을 했다.

그 다짐을 지키기 위해 지인들에게 선언했다. 심지어 한 친구에게는 100만 원을 송금하고, "내가 만약 책 5권을 다 읽지 못하면 그 돈을 가져도 좋다"고까지 말했다. 그렇게 책을 읽기 시작했다. 내용이 머릿속에 잘 남지 않더라도 상관없었다. 중요한 건 책과 친해지기 위한 처절한 시도였다. 마치 글자와 씨름을 하듯, 그저 머릿속에 글자를 집어넣는 과정이었다.

결국 한 달 동안 책 5권을 완독했고, 매주 블로그에 글을 썼다. 솔직히 처음엔 멋진 글을 쓰고 싶다는 욕심에 한 편의 글을 완성하는 데 2시간씩 걸리기도 했다. 그 2시간은 결코 짧지 않았다. 하지만 그때와 지금을 비교해 보면 큰 차이가 있다. 그때는 일주일에 한 편의 글을 썼지만, 지금은 매일 글을 쓴다.

처음엔 누구나 어렵고 힘들다. 트리플 법칙만 그런 걸까? 아니다. 모든 일이 그렇다. 각자 환경도 다르고, 의지도 다 다르다. 그래서 목표는 쉽게 만들어야 한다. '이 정도도 못 하는가?'라는 생각이 들 때쯤이면 딱 적당하다. 아니, 완벽한 것이다. 나는 트리플 법칙을 시작하려는 사람들에게 자신만의 방법을 찾는 것이 가장 중요하다고 강력하게 말하고 싶다.

트리플 법칙의 기본 원리는 매일 읽고, 쓰고, 달리는 것이지만, 모든 사람의 성향과 목표는 다르다. 그만큼 성공의 전략도 다를 수밖에 없다. 트리플 법칙을 제대로 활용하기 위해서는 이 기본 원칙을 자신의 목표와 일상에 맞게 조정하는 것이 필수적이다. 결국, 자신만의 루틴을 만들고 꾸준히 실천하는 과정에서 각자의 성공법을 발견하게 된다.

1) 매일 읽기: 맞춤형 독서 전략

책을 읽는 것은 단순히 지식을 쌓는 것 이상의 의미를 지닌다. 읽기는 우리의 사고를 확장시키고, 새로운 아이디어와 영감을 제공하는 강력한 도구다. 그러나 모든 책이 나에게 의미 있는 것은 아니다. 따라서 자신의 인생 목표에 맞는 책을 선택하는 것이 중요하다.

예를 들어, 창업을 꿈꾸는 사람은 기업가 정신에 관한 책을, 자기 계발을 목표로 하는 사람은 심리학이나 자기 성장 관련 도서를 선택할 수 있다. 이때 목표와 일치하는 독서 목록을 만들고, 특정 관심 분야의 책을 최소 5권 이상 읽을 것을 권한다. 왜냐하면, 한 권으로는 파악하기 어려운 핵심 메시지가 여러 권을 읽다 보면 선명하게 드러나기 때문이다. 같은 주제를 다룬 책을 반복적으로 읽으면 각 책이 전하는 관점과 공통된 통찰을 발견할 수 있다.

또한 하루에 얼마나 읽을지 구체적으로 설정하는 것도 필요하다. 페이지 수나 시간을 정해 매일 꾸준히 읽는 습관을 들이면 작은 목표들이 점차 큰 성취로 이어진다. 예를 들어, '매일 10페이지씩 읽겠다'는 작은 목표를 세운다면, 한 달에 1~2권의 책을 완독할 수 있다. 자신의 목표에 맞는 독서와 더불어, 특정 분야에서 최소 5권의 책을 읽는 전략을 통해 지식의 깊이를 더하고, 더 넓은 비전을 형성해 나가는 것이 핵심이다.

2) 매일 쓰기: 의미를 찾아가는 글쓰기

매일 글을 쓰는 것은 단순한 기록의 행위를 넘어서, 자신의 생각을 정리하고 내면의 목소리를 듣는 과정이다. 글쓰기는 내면의 혼란을 정리하고 명확한 목표를 설정하는 데 강력한 도구가 된다. 하지만 모든 사람이 처음부터 긴 글을 쓸 필요는 없다. 중요한 것은 매일 꾸준히 짧은 글이라도 작성하는 것이다.

쓸 말이 없을 때는 솔직하게 '쓸 말이 없다'고 적어보라. '정말 쓸 말이 없다. 왜 이렇게 쓸 말이 없을까? 오늘 뭐 먹었지? 김치찌개를 먹었네. 국물이 참 맛있었다. 멸치 육수로 끓인 김치찌개. 돼지고기가 없어도 시원한 맛으로 먹을 수 있었다.' 이렇게 엉성해 보이는 문장도 괜찮다. 생각나는 대로 적다 보면 글이 되고, 문장이 된다. 이 과정에서 글을 다듬고 보완한다면 쓸 말이 없어서 시작한 글이 김치찌개 레시피로 발전할 수도 있다. 이렇게 작은 시작이 새로운 아이디어로 이어지고, 생각의 폭을 넓혀준다.

글쓰기의 주제는 반드시 거창할 필요가 없다. 그날의 생각이나 느낀 점을 간단히 적는 것만으로도 충분하다. 이 과정에서 '내가 왜 이 글을 쓰고 있는가?'라는 질문을 스스로에게 던져보라. 글이 나에게 어떤 의미를 주는지, 나의 목표와 어떻게 연결되는지를 고민하는 순간, 글쓰기는 단순히 일상을 기록하는 것을 넘어 자신의 삶을 설계하는 도구로 발전하게 된다. 목표 달성을 위한 다짐을 기록하거나, 하루 동안 겪은 일에 대한 성찰을 적어보는 것도 좋다. 쓸 말이 없더라도 그냥 시작하라. 엉성한 글도 괜찮다. 반복되는 글쓰기 속에서 생각의 깊이와 표현력이 발전하고, 작은 글쓰기가 모여 더 큰 성공으로 이어지게 될 것이다.

3) 매일 달리기: 신체적, 정신적 건강을 위한 필수 요소

달리기는 단순한 운동 이상의 역할을 한다. 신체적 건강을 유지하는 것은 물론이고, 정신적 안정을 찾고 스트레스를 해소하는 데 매우 효과적이다. 달리기는 심신을 모두 단련하는 종합적인 방법으로, 우리가 매일 실천할 수 있는 강력한 도구 중 하나다. 하지만 달리기 역시 개인에 맞는 운동 루틴을 설정하는 것이 중요하다.

처음부터 긴 거리를 달릴 필요는 없다. 시작은 5분, 10분의 짧은 거리부터 시작해 나에게 맞는 운동 강도를 찾는 것이 좋다. 그리고 그 짧은 시간을 매일 실천하며 점차 달리기 시간을 늘려나가면 된다. 중요한 것은 지속성이다. 신체적으로는 물론, 정신적으로도 달리기를 통해 뇌에서 엔도르핀이 분비되면서 자연스럽게 스트레스가 해소되고, 행복감을 느끼게 된다.

달리기는 정기적으로 실천할수록 자기 통제력을 높여준다. 마라톤 선수가 처음부터 장거리를 뛰는 것이 아니듯, 당신도 천천히 자신의 한계를 넓혀가며 자신만의 운동 루틴을 확립할 수 있다. 나에게 맞는 달리기 속도와 루틴을 찾고, 그것을 꾸준히 실천하는 과정에서 몸과 마음의 균형을 잡아갈 수 있다.

나만의 성공법칙을 발견하라

트리플 법칙의 핵심은 개인의 특성과 목표에 맞게 조정할 수 있다는 점이다. 모든 사람의 성향과 목표는 다르기 때문에, 나만의 트리플 법칙을 적용하여 자신만의 성공 전략을 만들어내는 과정이 중요하다. 스스로에게 맞는 루틴을 설정하고, 그 루틴을 꾸준히 실천해 나가는 과정에서 작은 성공들이 모여 큰 성취로 이어질 것이다.

트리플 법칙을 통해 자신을 돌아보고, 각자의 목표에 맞춘 맞춤형 실천법을 찾아나가라. 매일의 작은 성공들을 쌓아가면서 스스로가 어떤 방식으로 성장하고 있는지 점검하고, 그 과정에서 자신만의 성공법을 발견하게 될 것이다. 결국, 나만의 루틴을 만들어 꾸준히 실천하는 것이 성공으로 가는 가장 확실한 길이다.

작은 성공을 쌓아라

트리플 법칙은 단순히 매일 일정한 행동을 반복하는 것을 의미하지 않는다. 그것은 우리에게 매일 작은 성공을 경험하게 하여, 그 성공들이 쌓여 큰 목표로 이어지도록 돕는 것이다. 이 과정에서 중요한 것은 한 번의 실패나 멈춤을 두려워하지 않게 된다.

꾸준함은 완벽함을 요구하지 않는다. 꾸준함은 실패해도 다시 시작하는 용기를 의미한다. 우리가 세운 목표에 도달하지 못할 때도 있을 것이다. 그럴 때 중요한 것은 '왜 실패했는가?'라는 질문을 통해 다시 도전하는 것이다. 포기하지 않고, 다시 시작하는 것이야말로 진정한 나만의 성공 법칙을 찾는 유일한 길이다.

제4장

트리플 법칙으로 흔들리지 않는 인생 만들기

"오늘의 작은 행동이 내일의 큰 변화를 만든다."
- 리처드 브랜슨

읽기, 쓰기, 달리기를 통해 나를 재건하다

우리 삶에서 우리는 종종 예기치 않은 도전과 좌절을 마주하게 된다. 때로는 실패로 인해 모든 것이 무너진 것처럼 느껴질 때도 있다. 그러나 이런 순간이야말로 자신을 다시 세우고 재건할 기회이다. 실패는 우리 모두의 삶에서 필연적으로 마주하게 되는 부분이다. 중요한 것은, 실패를 대하는 우리의 태도와 행동이다.

실패할 때, 당신은 주로 어떤 행동을 취하고 있나? 낙담한 상태에서 자신을 내팽개치고 술에 의지하며, 그저 좌절 속에 머물러 있는 것은 아닌가? 실패 속에서 우리는 종종 자신을 돌보는 것을 잊곤 한다. 그 시간에 우리는 스스로를 방치한 채, 오히려 고통 속에서 자신을 더욱 소모시킨다. 그러나 중요한 것은 나를 돌보는 것이 첫 번째라는 사실이다. 실패는 일어나기 마련이고, 이를 어떻게 극복할 것인가에 따라 당신의 삶은 크게 달라질 수 있다.

만약 내가 다시 그 시절로 돌아갈 수 있다면 2년 동안 술을 마시고 방황하는 대신 나 자신을 돌보는 데 훨씬 더 많은 시간을 투자했을 것이다. 나를 돌보는 것은 실패를 이겨내는 첫걸음이다. 나를 위해 무언가를 해야 한다. 내가 찾은 건 바로 읽기, 쓰기, 달리기라는 작은 실천에서 시작될 수 있다는 점이다.

읽기는 단순한 지식 축적을 넘어서, 새로운 관점을 얻는 창이다. 책을 통해 우리는 다른 사람들의 지혜를 빌려와, 우리 자신의 경험을 재해석할 수 있다. 책 속의 이야기들은 우리가 겪고 있는 문제에 대한 해결책을 제시해 주거나, 최소한 새로운 시각을 제공해 준다. 읽기는 나 자신을 새롭게 정의하고, 세상의 변화를 받아들이며 그 안에서 내 길을 찾는 중요한 도구다.

쓰기는 내면을 정리하는 과정이다. 자신의 생각과 감정을 글로 풀어내면서, 우리는 혼란스러웠던 마음을 정리하고, 스스로 무엇을 원하는지 더 명확하게 깨닫게 된다. 글쓰기는 마치 거울처럼 우리의 삶을 돌아보게 하며, 실패의 경험을 분석할 수 있게 도와준다. 실패 속에서 교훈을 찾아내고, 이를 자산으로 바꾸는 것이 바로 쓰기를 통해서만 가능하다.

달리기는 단순한 신체적 운동을 넘어서 마음의 근력을 키우는 과정이다. 달리기를 하면서 우리는 자신이 가진 한계를 마주하게 되고, 그 한계를 넘어서는 도전을 통해 정신적 힘을 기르게 된다. 매일 달리기를 통해 우리는 스트레스를 해소하고, 더 큰 도전에 나설 수 있는 용기를 얻는다. 달리기는 우리의 신체를 단련함과 동시에 정신적으로도 더욱 강하게 만들어 주는 활동이다.

관점을 바꿔야 한다. 우리는 흔히 실패라는 상황에서 술을 마시고 자신을 방치하며, 세상이 끝난 것처럼 절망 속에 빠지곤 한다. 그러나 관점을 조금만 바꾸면 실패는 그저 성장의 한 부분일 뿐임을 깨달을 수 있다. 결국 우리가 어떤 현상을 어떻게 받아들이느냐에 따라 그 의미가 달라지기 마련이다. 나 자신이 내 실패를 어떻게 해석하고 기억하느냐가 중요한 것이다.

기억이라는 것도 결국 나의 시각에서 이루어진다. 내가 기억하는 실패는 남들에게는 별로 중요하지 않을 수 있다. 사실, 남들은 당신의 실패에 그다지 주목하지 않는다. 오직 당신 혼자만 나쁜 기억 속에 갇혀있는 것이다. 남들이 나를 어떻게 생각할지 고민하며 스스로를 가두지 말길 바란다. 중요한 것은 당신이 그 실패에서 어떻게 다시 일어설 것인가이다.

읽기, 쓰기, 달리기라는 작은 실천을 통해, 우리는 다시 자신을 세울 수 있다. 매일 조금씩 나를 돌보고 성장시키는 이 세 가지 행동은 우리에게 큰 힘을 준다. 중요한 것은 완벽한 실천이 아니라, 매일의 꾸준한 실천이다. 나를 위해 무엇이든 해보자. 그것이 당신의 인생을 재건하는 첫걸음이 될 것이다.

당신은 어떤 사람이 되고 싶은가?

이제 스스로에게 물어보자. "당신은 어떤 사람이 되고 싶은가?" 이 질문은 우리 삶에서 가장 중요한 시작점이다. 우리는 무언가를 이루기 전에 먼저 그 목표에 맞는 사람이 되어야 한다. 목표가 중요하지 않은 게 아니다. 하지만 더 중요한 것은 목표를 이루기 위해 어떤 사람이 될 것인지를 고민하는 것이다. 정체성은 우리가 마음먹는 순간부터 생겨난다. 어떤 목표를 향해 나아가기로 결심하는 그 순간, 이미 당신은 그 목표에 가까워지고 있다. 정체성은 처음에는 흐릿하게 시작될 수 있지만, 시간이 지남에 따라 점점 더 견고해지고 자신을 이루는 핵심이 된다.

간다 마사노리는 그의 책 비상식적 성공법칙』에서 "당신이 되고 싶은 사람의 정체성을 먼저 선언하라"고 말하며, 자신이 강연가가 되고 싶을 때 자신의 명함에 '프로 울트라 퍼펙트 강연가'라는 수식어를 넣었다고 한다. 사람들은 처음엔 우스갯소리로 들었지만 시간이 지날수록 그 명함은 간다 마사노리의 새로운 정체성을 대변했고, 그는 자신이 이미 강연가가 된 것처럼 행동하고 말하기 시작했으며, 결국 누구도 그를 강연가로 의심하지 않게 되었다. 이것이 바로 정체성 선언의 힘이다. "나는 되고 싶다"라고 생각하는 것만으로는 부족하다. "나는 이미 그런 사람이다"라고 자신을 정의하는 순간, 당신의 행동과 습관이 그 정체성에 맞춰 변화하기 시작한다.

제임스 클리어 역시 그의 책『아주 작은 습관의 힘』에서 "당신의 정체성은 작은 행동들의 반복을 통해 형성된다. 정체성은 결심하는 순간 시작되지만 그것을 진정한 것으로 만드는 것은 지속적인 실천이다"라고 말한다. 결국 정체성은 단순히 목표를 세우는 것으로 완성되지 않으며, 그 결심을 지탱하는 것은 매일의 작은 실천이며 그 실천들이 쌓여 정체성은 점점 더 단단해진다.

당신이 되고 싶은 사람이 있다면, 지금 바로 그 정체성을 선언하라. 자신의 명함에 자신이 되고 싶은 모습에 가장 멋진 수식어를 붙여 보고, 그 명함이 현실이 될 때까지 스스로를 그렇게 정의하고 행동하라. 만약 당신이 작가가 되고 싶다면 '베스트셀러 작가'라고 적어 보고, 당신이 사업가가 되고 싶다면 '세계 최고 혁신 사업가'라고 선언하라. 그 선언이 처음엔 어색하게 느껴질지 몰라도 시간이 지날수록 그 정체성은 당신의 행동을 이끄는 나침반이 될 것이다.

우리는 실패와 두려움 앞에서 무너질 때가 많지만, 그 순간에도 자신을 어떻게 정의하느냐에 따라 삶의 방향은 완전히 달라질 수 있다. "나는 실패자다"라고 생각하면 그 생각이 당신의 정체성이 되고 실패가 익숙한 사람이 된다. 하지만 "나는 다시 도전하는 사람이다"라고 선언하면 실패는 단지 과정일 뿐이며 당신은 계속해서 앞으로 나아갈 수 있다.

이제 스스로에게 물어보자. "나는 어떤 사람이 되고 싶은가?" 그리고 그 질문에 답하는 순간, 당신은 이미 변화의 첫걸음을 내디딘 것이다. 모든 목표의 시작은 결심이 아니다. 그것은 스스로를 새로운 사람으로 정의하는 순간부터 시작된다. 하고자 하는 것을 넘어, 되고자 하는 사람이 되는 순간부터 변화는 시작된다.

감사함보다는 분노가 먼저다

많은 이들이 감사하는 마음을 가지라고 말한다. 나 역시 현재 많은 것에 감사하며 살아가고 있다. 감사는 삶의 긍정적인 면을 발견하고, 안정감을 느끼게 해주는 중요한 요소다. 다만, 여기에는 중요한 함정이 있다. 감사함은 때로 우리를 안주하게 만들고, 스스로의 한계를 받아들이는 도구가 되기도 한다. 감사는 긍정적인 태도를 형성하는 데 중요한 역할을 하지만, 감사만으로는 충분하지 않다는 것이 진실이다.

때로는 불편하고 거북한 감정, 예컨대 분노와 열등감이 우리를 움직이게 하는 강력한 원동력이 된다. 이런 감정들은 일반적으로 부정적으로 여겨지지만, 바로 이 불편함이 변화를 촉진하고 성장을 이끌어 내는 데 중요한 역할을 한다. 우리는 종종 무언가에 만족하며 멈추어 서지만, 열등감은 우리의 부족함을 직시하게 하고, 분노는 더 나은 결과를 위해 행동하도록 자극한다.

영화 「부당거래」의 대사처럼, "호의가 계속되면 권리인 줄 안다". 마찬가지로, 지나친 편안함과 안정감은 우리의 주도권을 빼앗고, 변화의 필요성을 잊게 만든다. 감사는 현재를 받아들이게 하지만, 분노와 열등감은 우리가 꿈꾸는 미래를 향해 나아가게 한다.

분노는 스스로의 무지와 한계에 대한 깨달음에서 시작될 수 있다. '나는 왜 이 일을 해내지 못했을까?' 또는 '왜 나는 그들보다 뒤처진 것처럼 느껴지는가?'와 같은 질문은 불편함을 불러일으키지만, 동시에 더 높은 목표를 향해 나아가는 계기가 된다. 분노는 행동의 에너지를 제공하고, 열등감은 구체적인 목표를 설정하게 한다.

물론, 이런 감정들이 지나치면 자칫 파괴적으로 작용할 수 있다. 그러나 감사함과 조화를 이루는 분노와 열등감은 우리가 삶의 균형을 찾고, 행동을 촉진하며, 목표를 향해 전진하도록 도와준다. 감사는 마음의 평화를 주지만, 분노와 열등감은 행동의 추진력을 준다. 이 두 감정의 적절한 조화는 우리가 인생의 목표를 이루는 데 필요한 에너지를 제공한다.

결국, 삶에서 중요한 것은 감사와 분노, 열등감과 같은 감정들을 목적에 맞게 활용하는 것이다. 우리는 감사로 현재의 가치를 인정하고, 분노와 열등감으로 미래를 위해 행동한다. 이 감정들이 상호 보완적으로 작용할 때, 우리는 안정감과 성장이라는 두 마리 토끼를 모두 잡을 수 있다.

내면의 강함, 진정한 복수의 길

많은 사람들이 복수를 단순히 분노에 기반한 보복으로 생각하지만, 진정한 복수는 자신의 가치를 세상에 증명하는 과정이다. 이는 외부로 향하는 것이 아니라, 자신의 내면에서 이루어지는 승리다. 실패와 비판을 마주했을 때, 그 경험을 성장의 기회로 삼고 자신을 개선해 나가는 것이 진정한 복수다. 복수는 더 나은 사람이 되어, 자신을 증명하는 여정에 가깝다.

우리가 인생에서 겪는 실패와 좌절, 그리고 그로 인한 비판은 불가피하다. 이때 우리는 두 가지 선택을 할 수 있다. 첫 번째는 그 비판을 개인적인 공격으로 받아들이고 부정적인 감정에 빠져드는 것이며, 두 번째는 그 경험을 성장의 발판으로 삼는 것이다. 후자의 선택을 할 때, 우리는 내적으로 더 강해지며, 타인에 대한 복수보다는 자신에게 충실한 삶을 살아가게 된다.

진정한 복수는 자신의 성공과 성취를 통해 이루어진다. 타인의 기대나 비판에 흔들리지 않고 자신의 길을 꾸준히 걸어가면서, 우리는 스스로에게도, 세상에도 강력한 메시지를 전달할 수 있다. 이를테면, 내가 겪은 모든 실패와 고난은 나를 더 단단하게 만들었고, 그 과정을 통해 나는 자신에게 진정한 승리를 거두었다고 말할 수 있다.

역사 속에서 진정한 복수를 이루어낸 수많은 인물이 있다. 그중 스티브 잡스는 가장 대표적인 사례다. 잡스는 자신이 창립한 회사 애플에서 강제로 쫓겨났지만, 그 사건을 자신의 패배로 받아들이지 않았다. 오히려 이를 계기로 넥스트(NeXT)와 픽사(Pixar)라는 회사를 성공적으로 세웠고, 결국 다시 애플로 돌아와 아이폰을 비롯한 혁신적인 제품들을 출시하며 세상을 바꿨다. 그의 복수는 단순한 개인적인 성공을 넘어, 세계 기술 산업의 패러다임을 바꾼 승리였다.

오프라 윈프리 역시 실패와 비판 속에서 내면의 복수를 이룬 대표적인 인물이다. 오프라는 가난한 집안에서 태어나 어려운 어린 시절을 보냈고, 방송 경력 초기에 방송국에서 해고되는 등 수많은 좌절을 겪었다. 그러나 그녀는 결코 포기하지 않았고, 자신의 내면을 끊임없이 단련하며 오프라 윈프리 쇼를 세계적인 프로그램으로 만들어냈다. 그녀의 성공은 단지 개인적인 성취를 넘어, 자신을 믿고 성장한 끝에 이루어진 진정한 복수의 사례다.

진정한 복수는 외부 세계에 대한 승리가 아니라, 자신의 내면에서 이루어지는 승리에 더 큰 의미가 있다. 남에게 복수하는 것보다는 자기 자신에게 복수하는 것이 더 강력한 원동력이 된다. 스스로의 약점을 인정하고, 그것을 극복하기 위해 끊임없이 노력하는 과정에서 우리는 성장한다. 성장의 길은 스스로에게 진실되게 살아가는 데서 시작되며, 그 과정을 통해 자신을 끊임없이 발전시켜 나가는 것이 진정한 복수다.

궁극적으로 진정한 복수는 자기 자신의 강함을 증명하는 것이다. 타인의 비판이나 실패 앞에서 무너지지 않고, 자신을 발전시키고 더 나은 사람이 되는 것이야말로 세상에 대한 가장 큰 승리다. 실패와 좌절 속에서도 끝까지 자신의 가치를 믿고 꾸준히 나아가는 사람만이 진정한 복수의 의미를 깨닫고, 내면에서의 승리를 이룰 수 있다.

이 과정에서 우리는 자신의 강점을 발견하고, 약점을 개선하는 힘을 얻게 된다. 복수는 더 나은 나를 만들어가는 여정이며, 그 여정의 끝에서 우리는 진정한 승리자가 될 것이다.

실패를 자산으로 바꾸는 방법

우리는 인생을 살아가면서 실패를 피할 수 없다. 하지만 실패는 우리의 발목을 잡는 걸림돌이 아니라, 오히려 더 나은 삶을 위한 디딤돌이 될 수 있다. 중요한 것은 실패를 어떻게 해석하고, 그것을 통해 무엇을 배우느냐에 달려있다. 성공을 이끄는 진정한 열쇠는 실패를 자산으로 전환하는 데 있다.

그렇다면 어떻게 실패를 자산으로 바꿀 수 있을까? 그 첫걸음은 나 자신을 변화시키는 것이다. 내면의 변화가 세상의 변화를 이끄는 가장 강력한 힘이기 때문이다. 우리는 종종 외부의 큰 변화나 세상을 바꾸는 거대한 행동만을 상상하지만, 실제로 세상을 변화시키는 가장 빠르고 유일한 방법은 나 자신을 변화시키는 것이다.

이제, 실패를 자산으로 바꾸는 방법을 알아보자.

세상을 바꾸는 가장 강력한 행동

우리는 종종 세상을 변화시키기 위한 거대한 행동이나 외부의 큰 변화를 상상하곤 한다. 그러나 세상을 변화시키는 가장 빠르고 유일한 방법은 나 자신을 변화시키는 것이다. 세상의 변화를 꿈꾸는 많은 사람들은 이 사실을 간과하곤 한다. 하지만 모든 변화는 내면에서부터 시작된다. 내가 변화하지 않으면 세상도 결코 변하지 않는다.

자기 변화는 우리의 생각, 행동, 태도를 근본적으로 변화시킨다. 이를 통해 우리는 주변 환경에 긍정적인 영향을 미칠 수 있으며, 세상의 변화를 이끌어 나갈 수 있다. 세상을 변화시키고 싶다면 먼저 자기 성찰을 통해 나 자신을 돌아보고 변화해야 한다. 변화의 출발점은 외부가 아닌 내면에 있다. 내가 가진 가치와 목표를 명확히 하고, 그에 맞는 행동을 실천하는 것이 가장 중요한 첫걸음이다.

마하트마 간디는 이를 단적으로 보여주는 인물이다. 그는 "네가 세상에서 보고 싶은 변화가 되어라."라고 말했다. 간디의 삶은 변화가 외부에서 오는 것이 아니라, 자기 자신의 변화로부터 비롯된다는 사실을 입증했다. 그는 비폭력과 평화라는 가치를 자신의 행동으로 구현함으로써, 인도 독립운동에서 중요한 역할을 했다. 그가 세상을 변화시킬 수 있었던 이유는 먼저 자신의 삶과 태도를 바꾸었기 때문이다. 이처럼 자신을 변화시키는 것이야말로 세상을 변화시키는 가장 강력한 행동이다.

자기 변화는 내면의 성찰에서 시작된다. 우리는 자신이 진정으로 어떤 사람인지를 알아야 하고, 어떤 목표를 가지고 있는지 명확히 해야 한다. 이를 위해 자신과 깊이 대화하고, 내가 어떤 가치관을 바탕으로 살아가고 싶은지를 명확히 설정하는 과정이 필수적이다. 이는 단순히 표면적인 변화를 넘어, 내면의 깊은 곳에서부터 시작되는 변화다.

이러한 변화는 작은 행동에서부터 출발한다. 매일의 습관, 작은 결심,

그리고 일상적인 행동을 통해 우리는 점차적으로 자신을 변화시킬 수 있다. 예를 들어, 하루에 10분씩 자신에 대해 성찰하는 시간을 가지거나, 자신의 삶을 정리하는 글을 쓰는 것도 좋은 시작이 될 수 있다. 이 작은 실천들이 쌓이면 나 자신을 넘어 주변 사람들, 나아가 세상 전체에까지 영향을 미칠 수 있다.

심리학자 캐롤 듀엑의 연구에 따르면 성장 마인드셋을 가진 사람들은 변화를 두려워하지 않고, 실패를 성장의 기회로 받아들인다. 이들은 자신을 변화시키는 과정에서 오는 불편함을 기꺼이 감수하며, 그 과정을 통해 더 나은 사람으로 발전한다. 중요한 것은 완벽한 사람이 되는 것이 아니라, 매일 조금씩 더 나은 내가 되기 위해 노력하는 과정이다. 이렇게 작은 변화들이 쌓이면 결국 큰 변화를 이끌어 낸다.

자기 변화는 더 넓은 시야를 제공한다. 우리가 자신을 변화시킬 때, 우리는 새로운 기회와 해결책을 발견하게 된다. 이전에는 보이지 않던 문제들의 본질을 파악하고, 더 창의적인 방법으로 그 문제를 해결할 수 있는 능력이 생긴다. 자기 변화는 단지 개인의 성장을 넘어서, 사회적 변화의 첫걸음이 된다. 리더십 전문가 존 맥스웰은 “리더십은 자신을 이끄는 것으로부터 시작된다”고 말했다. 내가 먼저 변화해야, 내가 속한 팀, 조직, 그리고 세상도 변화할 수 있는 것이다.

결국, 자기 변화는 나 자신을 넘어 세상 전체를 변화시키는 힘을 가진다. 내가 먼저 나아갈 방향을 정하고, 그 길을 걸어갈 때, 자연스럽게 내 주변 사람들도 그 변화를 느끼고 따르게 된다. 변화는 내가 누구인지, 어떻게 살아가고 싶은지에 대한 깊은 이해에서 비롯된다.

우리가 세상을 변화시키는 데 가장 필요한 것은 바로 나 자신의 변화이다. 나를 변화시키면 내 관점과 행동이 달라지고, 그로 인해 주변 사람들도 긍정적인 영향을 받게 된다. 나 자신부터 변화를 시작할 때, 그 변화는 점차 확장되어 세상을 움직인다.

시간은 누구에게나 공평하다

시간은 모든 사람에게 똑같이 주어진다. 하루는 누구에게나 24시간이며, 그 시간을 어떻게 활용하는가는 각자의 선택에 달려있다. 중요한 것은 이 시간을 어떻게 관리하고, 그 속에서 무엇을 이루느냐이다. 우리가 시간을 단순히 기다리거나 낭비하는 순간, 그 시간은 무의미하게 흘러가 버린다. 그러나 그 시간을 자기 발전과 목표 달성에 투자한다면 시간은 우리에게 무한한 가능성을 열어주는 열쇠가 될 수 있다.

워렌 버핏은 "시간을 지혜롭게 사용하라. 그것이야말로 당신이 가진 가장 큰 자산이다."라고 말한 바 있다. 버핏이 세계적인 부자가 될 수 있었던 이유 중 하나는 바로 시간의 가치를 인지하고, 그것을 어떻게 활용할지에 대한 철저한 계획을 세웠기 때문이다. 그에게 시간은 단순히 흘러가는 것이 아니라, 투자와 성장을 위한 기회의 창이었다.

우리 모두는 주어진 시간을 어떻게 사용하는가에 따라 삶의 방향과 결과가 달라질 수 있다. 예를 들어, 하루 1시간을 독서에 투자하는 사람과 그 시간을 아무 목적 없이 보낸 사람은 시간이 지남에 따라 큰 차이를 보이게 된다. 시간은 공평하게 주어지지만, 그 시간을 어떻게 활용하느냐에 따라 결과는 공평하지 않다.

자기 실현을 위한 셀프 구속

셀프 구속이란 내가 만든 용어로, 선택과 집중을 통해 몰입을 이루기 위해 스스로를 고립시키는 과정을 의미한다. 이는 외부의 강요나 제약을 넘어서, 스스로 정한 목표를 위해 자신을 단련하고 제한하는 선택이다. 단순히 주어진 문제나 어려움에 맞서 싸우는 것을 넘어, 스스로 설정한 방향으로 나아가기 위해 의도적으로 환경과 행동을 통제하는 것이다.

셀프 구속은 자기실현의 중요한 도구다. 이를 통해 우리는 목표에 더욱 몰입하고, 나 자신에 대한 책임감을 강화할 수 있다. 물론, 이 과정은 고독하고 도전적일 수 있다. 우리는 그 과정에서 자신의 약점과 두려움과 마주하게 된다. 그러나 바로 그 불편함이 성장을 촉진하고, 진정한 끈기와 강인함을 키우는 출발점이 된다.

셀프 구속은 현재의 어려움을 넘어, 미래의 나를 더욱 강하게 만드는 여정이다. 내면의 성숙과 외부 세계에서의 자아 확립을 위해 필수적인 과정이라 할 수 있다. 예를 들어, 마라톤 선수들은 스스로를 극한으로 몰아붙이는 훈련을 통해 체력뿐만 아니라 정신력도 단련한다. 그들이 성공할 수 있었던 이유는 바로 셀프 구속을 통한 자기 단련에 있었다.

철학자 프리드리히 니체는 "우리를 죽이지 않는 것은 우리를 더 강하게 만든다."라는 유명한 말을 남겼다. 이 말은 셀프 구속의 본질을 정확히 설명한다. 자신의 한계와 두려움에 직면하고, 그것을 넘어서는 과정을 통해 우리는 비로소 진정한 강인함을 얻는다.

셀프 구속은 스스로를 가두는 것이 아니라, 선택과 집중을 통해 자신을 더 높은 수준으로 끌어올리는 방법이다. 어려움을 피하지 않고 정면으로 마주할 때, 우리는 더 나은 자신을 만들어갈 수 있다.

셀프 구속을 통한 자기 발전

셀프 구속은 자신의 목표를 이루기 위해 스스로에게 제약을 가하고 집중하는 과정이다. 이는 단순히 외부 환경이나 제약을 극복하는 것을 넘어, 스스로 삶의 방향성을 설계하고 행동을 조율하는 방법이다. 이 과정은 고독하고 도전적일 수 있지만, 그 안에서 우리는 내면의 강인함과 자기 주도성을 발견하게 된다.

셀프 구속은 단순히 목표를 이루기 위한 도구가 아니다. 우리는 이 과정을 통해 자신의 강점을 최대한 활용하고, 약점을 극복하는 법을 배운다. 예를 들어, 마라톤을 준비하는 과정에서 스스로 정한 훈련 스케줄을 지키며 체력과 정신력을 단련하는 것처럼, 셀프 구속은 목표를 향해 나아가는 여정에서 필요한 자기 단련의 핵심이다.

또한 셀프 구속은 우리의 삶을 주체적으로 설계하는 데 필수적이다. 이는 삶의 주도권을 되찾고, 현재의 선택이 미래를 어떻게 만들어가는지 깨닫게 한다. 셀프 구속은 단순히 제한하는 것이 아니라, 더 나은 방향으로 집중하는 데 필요한 도구다. 이를 통해 우리는 무작위로 흘러가는 시간이 아니라, 의도적으로 활용되는 시간을 경험할 수 있다. 시간은 모두에게 공평하게 주어진 자원이지만, 그 시간을 어떻게 활용하는가는 우리의 선택에 달려있다. 셀프 구속과 자기 단련을 통해 시간을 효과적으로 활용한다면, 우리는 단순히 하루를 살아가는 것을 넘어, 스스로의 가치를 높이고 더 나은 내일을 만들어갈 수 있다.

셀프 구속은 스스로를 가두는 것이 아니라, 선택과 집중을 통해 자신을 더 높은 수준으로 끌어올리는 과정이다. 어려움을 피하지 않고 정면으로 마주할 때, 우리는 비로소 더 나은 자신을 만들어 갈 수 있다.

폐관수련과 같은 자기 단련

셀프 구속이 아직 이해되지 않는다면 영화 속 폐관수련의 이미지를 떠올려 보자. 폐관수련은 고립된 환경 속에서 외부의 방해를 차단하고, 오직 자기 단련과 성찰에 몰두하는 것을 의미한다. 이 과정에서 우리는 자신의 내면과 끊임없이 대화하며, 약점을 극복하고 강점을 최대한으로 끌어올릴 수 있다.

나 또한 책을 집필하기 위해 몇 달 동안 최소한의 일을 하며 스스로를 고립시킨 적이 있다. 외부와의 소통을 줄이고, 집필에만 집중했던 시간은 고독과의 싸움이었다. 그러나 그 과정에서 스스로의 생각을 정리하고, 한계를 넘어서는 경험을 할 수 있었다.

폐관수련이 주는 교훈은 단순하다. 혼자만의 시간이 필요하며, 자기 성찰을 통해 우리는 더 나은 사람으로 거듭날 수 있다는 것이다. 마치 사무라이가 검술을 연마하듯, 우리도 지식과 능력을 끊임없이 단련해야 한다. 이 과정은 삶에서 맞닥뜨리는 어려움에 대처하는 힘을 길러줄 뿐만 아니라, 목표를 향한 자신감을 키워준다.

물론, 오늘날 우리는 영화 속 폐관수련과 같은 극단적인 환경에 있지 않더라도, 일상 속에서 자신만의 시간을 관리하고 집중하는 방법으로 충분히 비슷한 효과를 얻을 수 있다. 예를 들어, 하루 30분 만이라도 온전히 자신에게 몰입하는 시간을 만들어 보라. 이 작은 변화만으로도 삶의 질은 크게 달라질 수 있다.

셀프 구속은 단순히 외부를 차단하는 것이 아니라, 스스로와 마주하며 내면의 깊이를 탐구하고 성장을 이루기 위한 과정이다. 짧은 시간이라도 나 자신에게 온전히 몰입할 수 있는 공간과 시간을 만들어 보라. 그 작은 변화가 당신의 삶을 크게 바꿀 수 있을 것이다.

목표를 이루는 셀프 구속의 힘

고독은 종종 부정적으로 여겨지지만, 목표를 이루기 위해서는 반드시 필요한 과정이기도 하다. 고독은 외부의 소음에서 벗어나 자신의 내면에 집중할 수 있는 시간을 제공한다. 이 시간은 단순히 혼자 있는 것이 아니라, 스스로를 돌아보고 진정한 자신과 마주하는 기회다. 셀프 구속은 이러한 고독을 의도적으로 선택하는 과정이다. 스스로에게 제약을 가하고, 집중력을 높이는 환경을 만드는 것은 쉬운 일이 아니다. 그러나 고독 속에서 우리는 불편한 감정과 마주하며, 이를 성장의 발판으로 삼을 수 있다.

고독은 단순한 고립이 아니다. 오히려 고독은 내면의 대화와 깊은 사고를 가능하게 한다. 우리가 진정으로 원하는 목표를 명확히 하고, 그 목표를 향해 나아가기 위한 계획을 세우는 시간이다. 이 과정에서 우리는 자신의 약점을 직면하게 되고, 이를 극복하기 위한 방법을 찾아낸다. 또한 강점은 더욱 뚜렷해지며, 그 강점을 어떻게 활용할지에 대한 통찰을 얻는다.

예를 들어, 많은 성공한 사람들은 고독의 시간을 통해 인생의 전환점을 만들어냈다. 마라톤 선수는 긴 훈련 시간을 통해 자신의 체력과 정신력을 극대화하고, 작가는 고립된 환경에서 스스로의 생각을 정리하며 명작을 탄생시킨다. 이처럼 고독의 힘은 자신과의 깊은 대화를 통해 새로운 돌파구를 만들어내는 데 있다.

오늘날 우리는 끊임없는 연결 속에서 살아간다. 스마트폰 알림, 소셜 미디어, 그리고 바쁜 일정은 고독의 시간을 빼앗아간다. 그러나 목표를 이루기 위해서는 의도적으로 고독의 시간을 만들어야 한다. 하루 30분이라도 외부의 방해를 차단하고, 자신만의 시간과 공간을 확보해 보자. 이 시간은 단순한 휴식이 아니라, 삶의 방향을 재정립하고 목표에 몰입하는 강력한 도구가 될 것이다.

고독 속에서 우리는 스스로를 단련하고, 삶의 주도권을 되찾는다. 이는 단순히 목표를 이루는 데 그치지 않고, 더 나은 미래를 만들어가는 힘을 준다. 고독의 시간을 활용해 자신의 내면에 집중하고, 목표를 향한 계획을 세우며, 더 큰 도약을 위한 준비를 하라.

결론적으로, 목표를 이루는 고독의 힘은 단순히 혼자가 되는 것이 아니라, 자신을 성장시키고 인생의 전환점을 만들어가는 강력한 원동력이다.

시간의 공평함, 그 속에서 자신을 단련하라

다시 한번 강조하고 싶다. 시간은 누구에게나 공평하게 주어진다. 이 단순한 진리 속에 담긴 깊은 의미를 우리는 너무 쉽게 놓치곤 한다. 그래서 이 말을 거듭 힘주어 말하고 싶다. 부유한 사람이나 가난한 사람, 성공한 사람이나 실패한 사람 모두 동일한 24시간을 가지고 있지만, 그 시간을 어떻게 사용하느냐에 따라 인생의 결과는 크게 달라진다. 어떤 이는 주어진 시간을 낭비하고, 어떤 이는 그 시간을 자기 성장과 목표 달성에 집중적으로 사용한다. 결국, 시간을 효율적으로 관리하고 의미 있게 사용하는 사람만이 진정한 성취를 이룰 수 있다.

시간은 흘러가면 다시 되돌릴 수 없는 유한한 자원이다. 그렇기 때문에 시간을 관리하고 이를 올바르게 사용하는 것은 우리가 매일 직면하는 가장 중요한 과제 중 하나다. 하루 24시간이라는 시간을 어떻게 쓸 것인가는 삶의 방향을 결정짓는 요소다. 우리가 이 시간을 단순히 기다리거나 무의미하게 소비하는 대신, 자기 발전과 성취를 위한 도구로 활용한다면 시간은 우리에게 무한한 가능성의 기회를 열어줄 것이다.

많은 성공한 사람들은 시간을 의도적으로 활용한다. 하루를 철저히 계획하고, 작은 시간조차 스스로의 성장과 목표에 맞춰 사용한다. 예를 들어, 세계적인 기업가 일론 머스크는 하루 5분 단위로 일정을 계획하며, 그 시간 내에 할 수 있는 일을 정확히 정하고, 집중적으로 실천하는 것으로 유명하다. 이러한 철저한 시간 관리 덕분에 그는 여러 기업을 운영하며, 시간 내에 많은 일을 성취해 낸다.

셀프 구속은 시간을 최대한 활용하는 강력한 도구다. 우리는 일상에서 많은 유혹과 방해 요소들에 둘러싸여 있다. 스마트폰, TV, 소셜 미디어, 그리고 끝없는 자잘한 일들 속에서 집중과 자기 통제를 유지하는 것은 쉽지 않다. 그러나 셀프 구속, 즉 스스로를 제어하고 목표에 맞춰 시간을 효율적으로 관리하는 습관을 들이면 우리는 목표에 더 빨리 다가갈 수 있게 된다.

자신을 한계에 몰아붙이면서도 시간을 철저히 관리하는 셀프 구속은 단순히 목표를 이루는 수단을 넘어서 삶을 깊고 의미 있는 방향으로 이끌어 주는 과정이다. 이를 통해 우리는 자신을 더욱 깊이 성찰하고, 현재의 상황에 안주하지 않으며 끊임없는 성장을 위한 도전을 할 수 있다. 시간이라는 공평한 자원을 어떻게 활용하느냐에 따라 성취와 실패는 결정된다.

우리는 시간을 통해 스스로를 점진적으로 완성해 나갈 수 있다. 하루하루의 작은 노력이 모여 큰 변화를 이루어내고, 그 변화는 궁극적으로 삶의 질을 향상시키는 원동력이 된다. 시간이 흐를수록 우리는 자신의 강점과 약점을 명확히 인식하게 되고, 그 속에서 자신을 단련하고 성장시키는 방법을 터득하게 된다.

실패할 수도 있고, 좌절할 때도 있지만, 시간이 흐르면서 우리는 그 경험들 속에서 교훈을 얻고 강해지는 과정을 겪는다. 시간이야말로 우리 자신을 발전시키는 가장 공평하고 강력한 스승인 것이다.

따라서 시간이라는 자원을 최대한으로 활용하는 셀프 구속과 자기 단련의 중요성을 인식하고, 이를 일상에서 실천할 때, 우리는 삶의 주인공으로서 더 나은 내일을 만들어 나갈 수 있다.

인생의 목표와 죽음에 대한 깊은 이해

아버지가 작년에 돌아가셨다. 지금까지 수없이 많은 장례식장을 다녀봤지만, 죽음을 이렇게까지 실감한 것은 처음이었다. 그날 이후, 나는 죽음이라는 주제를 더 깊이 생각하게 되었다. 아버지의 빈소에서 바라본 삶과 죽음의 경계는 내가 지금까지 살아온 시간을 돌아보게 했고, 앞으로 남은 시간을 어떻게 살아가야 할지에 대해 스스로에게 질문하게 만들었다.

우리는 모두 죽음을 향해 나아가고 있다. 하지만 이 불가피한 진실을 직면했을 때, 우리는 인생을 더욱 진지하게 살아갈 수 있는 힘을 얻는다. 한정된 시간 속에서 우리는 무엇을 해야 할까?

죽음을 의식하며 사는 것은 삶을 대충 살자는 의미가 아니다. 오히려 죽음을 인식함으로써 매 순간을 더 가치 있게 만드는 법을 배우는 것이다. 삶이 언젠가 끝날 것이라는 사실은 우리가 직면하는 모든 실패와 좌절을 재해석하게 만든다. 어차피 우리는 죽는다. 이 사실을 진정으로 깨닫게 되면 그동안 중요하게 느껴졌던 실패나 좌절이 하찮게 보이기 시작한다. 인생에서 겪는 작은 실수나 실패들이 더 이상 우리의 발목을 잡지 않으며, 우리는 더 큰 관점에서 자신의 삶을 바라보게 된다.

죽음을 의식한다는 것은 우리에게 두려움 대신 강력한 삶의 에너지를 제공한다. 죽음을 두려워하는 대신, 그것을 받아들이고 나면 삶의 모든 도전과 실패가 더 이상 무겁게 느껴지지 않는다. 실패는 단지 과정일 뿐이며, 궁극적으로 우리 모두는 제한된 시간을 가지고 있다는 사실이 더 큰 목표와 방향을 설정하게 한다. 죽음에 대한 깊은 이해는 삶을 풍부하게 만들고, 우리가 인생을 두려움 없이 살아가게 한다.

그렇다면, 한정된 시간 속에서 어떻게 살아야 할까?

트리플 법칙을 통한 삶의 재건이 바로 그 해답 중 하나다. 매일 읽고, 쓰고, 달리는 간단한 실천을 통해 우리는 자신을 재건하고, 인생에서 진정으로 중요한 것을 추구하는 법을 배운다. 인생에서 선택한 길이 바로 자신이 원하는 삶을 만들어가는 과정임을 깨달아야 한다.

죽음이 주는 강력한 교훈은 단순히 삶의 끝이 아니라, 삶을 더 강렬하게 살도록 이끄는 힘이라는 점이다. 어차피 우리는 죽는다. 이 단순한 진실을 받아들였을 때, 인생의 좌절이나 실패는 더 이상 큰 의미를 가지지 않는다. 우리가 매일 조금씩 실천하는 트리플 법칙은 삶을 다시 세우고, 우리의 목표를 향해 흔들림 없이 나아가게 하는 가장 강력한 도구가 될 것이다.

"죽을 만큼 고통스럽다면, 죽을 힘을 다해 살아라."

성공을 위한
매일의 루틴 만들기

계획을 세우고 루틴을 만들라는 말을 아마도 지겹게 들었을 것이다. 나도 그 사실을 잘 안다. 하지만 이런 말을 듣고도, 한번 스스로에게 진지하게 물어보길 바란다. '나는 그 뻔한 것들을 실천하고 있는가?' 방법론적인 부분에 너무 집착할 필요는 없다.

방법은 많다. 결국 중요한 것은 당신이 정말로 실천하고자 하는 의지가 있느냐는 것이다. 이번 내용도 역시 뻔하게 느껴질 수 있다. 아마 '이미 다 알고 있다'는 생각이 들 수도 있다. 하지만 나는 이 방법을 실천했고, 그 효과를 몸소 경험했다. 그리고 강력하게 말할 수 있다.

이 방법은 정말로 실천했을 때 비로소 그 가치가 드러난다. 많은 성공한 사람들이 이 방법을 통해 성과를 얻었고, 나 역시 그 혜택을 누렸다. 당신도 마찬가지로 이 방법을 실천한다면 분명히 변화를 느끼게 될 것이다. 내가 실천한 방법은 '마일스톤'이다.

마일스톤은 목표를 달성하기 위해 큰 여정을 작은 단계로 나누는 방법이다. 이를 통해 우리는 길고 막막한 목표 대신, 지금 바로 실행할 수 있는 구체적이고 작은 단계를 만들어낼 수 있다. 그렇다면 마일스톤이란 무엇인가? 이제 그 개념과 실천 방법에 대해 더 자세히 살펴보자.

마일스톤이란 무엇인가?

마일스톤(milestone)은 특정 목표나 작업에서 중요한 단계 또는 이정표를 의미한다. 원래 도로에서 거리를 표시하던 표지석을 뜻하는 단어였지만, 현재는 프로젝트 관리나 목표 설정에서 중요한 단계를 나타내는 용어로 사용되고 있다. 예를 들어, 긴 여정을 가는 도중에 중간에 도착하는 주요 지점을 가리키듯, 마일스톤은 최종 목표에 도달하기 전, 중간 과정에서 중요한 성과를 나타낸다.

마일스톤을 설정하는 것은 큰 목표를 달성하기 위해 작은 단위로 목표를 나누는 것과 같다. 책 한 권을 다 읽는 목표를 한 챕터씩 나누어 진행하거나, 꾸준히 정해진 양을 실천하며 성과를 확인하는 방식이 여기에 해당한다. 이처럼 작은 성공을 지속적으로 쌓아가는 과정은 큰 목표를 달성하는 데 있어서 매우 중요하다. 마일스톤은 트리플 법칙을 실천하는 데도 큰 도움이 된다. 매일 읽고, 쓰고, 달리는 습관을 작고 구체적인 단계로 나누면, 이를 꾸준히 실천할 수 있는 동력을 얻을 수 있다. 작은 마일스톤들이 쌓이다 보면 어느새 커다란 성과를 이루고 있는 자신을 발견하게 된다.

하지만 마일스톤은 단순히 트리플 법칙에만 국한되지 않는다. 이는 인생을 살아가는 데 있어서도 강력한 도구가 된다. 삶의 여정에서 막연한 목표를 설정하는 대신, 그 목표를 구체적인 단계로 나눔으로써 우리는 더 나은 결정을 내리고, 목표를 향해 흔들림 없이 나아갈 수 있다. 마일스톤은 단순히 실천을 도와주는 도구를 넘어, 삶의 방향을 설정하고 성취를 시각적으로 확인할 수 있는 방법을 제공한다. 작고 구체적인 마일스톤을 설정하는 것은 우리의 일상에 작은 성공의 반복을 만들어 내며, 그 과정에서 자신감과 성취감을 강화시킨다. 결국, 마일스톤은 우리가 큰 목표를 달성할 수 있도록 돕는 나침반이자, 삶의 의미를 재발견하게 해주는 중요한 원칙이다.

왜 마일스톤이 중요한가?

1) 구체적인 진척을 확인할 수 있다.

큰 목표만 바라보다 보면 그 길이 너무 멀고 막막하게 느껴질 수 있다. 하지만 마일스톤을 설정하면 작은 단위의 성취를 통해 목표가 점차 가까워지는 것을 실감할 수 있다. 작은 성취는 동기를 지속시키는 데 강력한 힘을 준다. 예를 들어, 1년 안에 10kg을 감량하는 목표가 있다고 가정해 보자. 이를 월 단위로 나누어 '매달 1kg 감량'이라는 마일스톤을 설정하면, 매달 목표를 달성할 때마다 성취감이 쌓이고, 최종 목표에 도달하기 위한 동력이 생긴다.

마일스톤은 또한 현재 위치를 명확히 파악하게 해준다. 긴 여정을 진행하며, 내가 지금 어디쯤 와있는지 확인할 수 있어 필요하면 방향을 수정하거나 속도를 조절할 수도 있다. 이렇게 작은 목표를 달성할 때마다 '지금 제대로 가고 있구나.'라는 확신을 얻으며, 점점 더 큰 목표를 향해 나아가게 된다. 마일스톤은 단순히 큰 목표를 작게 나누는 것에 그치지 않는다. 그것은 목표를 실현 가능한 단계로 쪼개어 그 단계를 성취하며, 궁극적으로 더 큰 성공으로 이끄는 중요한 도구다.

2) 동기부여를 지속시킨다.

매일의 작은 성취가 쌓이면 결국 큰 성과로 이어진다. 마일스톤은 꾸준함을 유지하는 데 도움을 준다. 작은 성공을 달성할 때마다 성취감을 느끼게 되고, 이는 더 나아갈 동기를 만들어낸다. 큰 목표는 때로 너무 막막하게 느껴질 수 있다. 하지만 마일스톤을 설정하면 작은 단계에서의 성공을 통해 지속적으로 동기를 얻을 수 있다. 예를 들어, 장기적인 목표를 세웠을 때 '언젠가 이루어야 한다'는 부담감 대신, '오늘 이만큼 해냈다'는 구체적인 만족감을 느낄 수 있다.

동기부여는 단순히 한 번의 열정으로 끝나는 것이 아니다. 지속적인 동기가 필요하다. 작은 성과를 확인하며 '나는 해낼 수 있다'는 믿음을 쌓아가는 과정이야말로 꾸준히 목표를 향해 나아가게 하는 힘이다. 결국, 마일스톤은 거창한 목표를 현실로 만드는 데 가장 필요한 도구다.

3) 계획을 세우고 관리하는 데 도움이 된다.

마일스톤은 구체적인 계획을 세우고 그 진척을 관리하는 데 매우 유용하다. 마일스톤이 없으면 계획이 막연해지기 쉽다. 하지만 마일스톤을 설정하면 단계마다 필요한 행동을 명확히 알 수 있어 목표를 더 체계적으로 접근할 수 있다. 큰 목표를 이루기 위해서는 단순히 '해야 한다'는 생각만으로는 부족하다. 목표를 달성하기 위한 구체적인 로드맵이 필요하다. 마일스톤은 이 로드맵의 역할을 하며, 목표를 작은 단위로 나누고, 그 단위를 하나씩 완수하며 앞으로 나아가게 만든다.

또한 마일스톤은 진행 상황을 시각적으로 확인할 수 있게 해준다. 막연히 '잘 되고 있겠지.'라고 추측하는 것이 아니라, 실제로 '어디까지 진행되었는지'를 정확히 파악할 수 있다. 이 과정에서 부족한 부분을 조정하거나, 예상보다 빠르게 진행되고 있는 부분은 더 속도를 낼 수 있다. 마일스톤이란 단순한 계획의 보조 수단이 아니다. 그것은 목표를 구체화하고, 행동의 우선순위를 정하며, 각 단계를 차근차근 실행할 수 있도록 돕는 체계적인 도구다. 큰 그림을 보면서도 세부적인 진행 상황을 놓치지 않게 만들어주는 마일스톤은 계획을 성공적으로 완수하는 데 필수적인 요소다.

마일스톤을 활용하라

그렇다면 구체적으로 어떻게 마일스톤을 설정하고 실천할 수 있을까? 그중 하나가 바로 달력을 활용하는 방법이다. 달력에 당신의 하루 계획을 미리 나열하고, 그 계획을 완료할 때마다 옆에 X표를 표시하는 것이다. 이는 시각적으로 진척 상황을 확인할 수 있게 해주며, 그 자체로 성취감을 줄 뿐만 아니라 꾸준한 실천을 가능하게 한다.

이 과정은 하나씩 단계를 밟아나가는 꾸준한 성장의 과정이다. 마치 계단을 한 칸씩 오르듯, 매일의 목표를 하나씩 실천하면서 자신을 조금씩 발전시키는 것이다. 하루를 마치고 달력에 X표를 하나씩 채워나가는 동안, 당신은 목표에 한 걸음 더 가까워졌다는 것을 실감하게 될 것이다.

단순히 계획을 세우는 것이 아니라, 실천하고 이를 눈으로 확인하는 것이 마일스톤을 구체적으로 실현하는 첫걸음이다.

작고 쉬운 목표로 시작하라

처음부터 거창한 목표를 세우기보다는, 작고 쉬운 목표부터 시작하는 것이 좋다. 하루에 10분 걷기, 1페이지 읽기, 또는 200자 글쓰기와 같은 작고 실현 가능한 목표를 설정하라. 작은 목표를 달성하면서 X표를 채우는 성취감은 당신을 더욱 꾸준하게 만들 것이다.

예를 들면

운동: 오늘 10분 달리기 완료 → 달력에 X 표시

독서: 오늘 5페이지 읽기 완료 → 달력에 X 표시

글쓰기: 오늘 300자 글쓰기 완료 → 달력에 X 표시

이렇게 매일 실천한 목표를 시각적으로 확인하는 작은 변화가 큰 성장을 이끈다. 중요한 것은 얼마나 완벽하게 해내느냐가 아니라, 얼마나 꾸준히 실천하느냐이다.

손으로 직접 기록하는 것의 힘

마일스톤을 기록하는 방법은 다양하다. 요즘은 에버노트와 같은 디지털 도구를 활용하는 사람들이 많지만, 손으로 직접 계획을 적고 기록하는 것은 우리의 뇌에 긍정적인 영향을 미친다는 연구 결과도 있다. 손으로 적는 행위는 우리의 집중력을 높이고, 목표에 더 깊이 몰입하게 만든다.

얼마 전 방송된 『나 혼자 산다』에서는 2024년 한국시리즈 우승 팀인 기아 타이거즈의 좌완 투수 곽도규 선수가 등장했다. 그는 비시즌에도 항상 무언가를 열심히 적고 메모하는 모습을 보여주었다. 어린 나이임에도 성공하는 데는 다 이유가 있다는 생각이 들었다. 바로 기록의 힘이었다. 그가 보여준 습관은 단순히 적는 행위를 넘어, 자신의 목표와 과정을 끊임없이 점검하고 개선해 나가는 중요한 도구였다.

일본의 야구 천재 오타니 쇼헤이 역시 기록의 중요성을 몸소 실천하는 대표적인 사례다. 그는 목표를 시각적으로 관리하기 위해 매년 자신의 계획과 목표를 적은 '표'를 만든다. 이 표에는 하루하루 이루고자 하는 세부적인 행동과 이를 달성했는지를 체크하는 방식이 담겨있다. 작은 것이라도 매일 확인하고 실천하는 과정을 통해 그는 메이저리그에서도 성공을 거두는 선수가 되었다.

기록은 단순히 정보를 저장하는 행위가 아니라, 스스로의 목표를 구체화하고 실천하게 만드는 강력한 힘이다. 작은 수첩이나 핸드폰 다이어리에 할 일을 메모하고, 이를 매일 실천해 나가는 것도 마일스톤을 관리하는 효과적인 방법이 될 수 있다.

마일스톤은 결국 기록이다. 기록은 쓰는 행위를 통해 구체화되고, 쓰는 행위는 우리의 목표에 생명력을 불어넣는다. 손으로 직접 기록하는 작은 행동이지만, 이 작은 습관이 목표를 향한 길을 선명히 만들어 준다. 성공하는 사람들은 이 단순한 사실을 알고 있다. 기록하는 힘이야말로 마일스톤의 핵심이다.

결국, 꾸준함이 성공으로 이어진다

마일스톤은 당신이 꾸준함을 유지할 수 있는 도구이다. 하루하루 성취한 작은 목표들이 모여 더 큰 성과를 만들어낸다. 꾸준히 실천하고, 그 성과를 눈으로 확인하며 자신의 발전을 느껴보라.

이 방법을 꾸준히 실천하면 어느 순간 스스로 놀라운 변화를 발견하게 될 것이다. 작은 실천이 쌓여 어느 순간 계단식 성장을 이뤄냈다는 것을 깨닫게 된다. 이 방법의 핵심은 꾸준함에 있다. 하루, 이틀이 아닌 장기적인 관점에서 계속해서 자신과의 약속을 지켜나가는 것이다.

결국 중요한 것은 당신의 의지다. 계획을 세우고 마일스톤을 설정하는 것, 그리고 이를 매일 성실히 실천하는 것이 무엇보다 중요하다. 당신의 성공은 이러한 작은 실천의 반복에서 온다는 점을 잊지 말라.

이 방법은 많은 사람이 성과를 얻은 강력한 방법이고, 나 역시 이를 통해 변화된 삶을 살고 있다. 이제 당신도 이 방법을 통해 성공을 위한 첫걸음을 내딛길 바란다.

휴대용 수첩으로 마일스톤 활용하기

2024년 10월 19일(토) 투자와 유튜브에 집중

- ~~책읽기~~
- ~~글쓰기~~
- ~~달리기~~
- ~~본점 인테리어 미팅(9시30분)~~
- ~~유페이퍼 전자책 거절사유 확인~~
- ~~본점 사인물 넘겨주기~~
- ~~투자괴물범 공부(1시간)~~
- ~~이번주 영상 원고 초안잡기(구상)~~
- ~~썸원끝 완료하기~~

내가 하고 있는 에버노트를 활용한 마일스톤

제5장

실패 후 얻은 교훈들

"미래는 우리가 오늘 무엇을 하는가에 달려있다."
— 마하트마 간디

실패가 준
두 번째 기회

한때 나는 장사는 쳐다보기도 싫었다. 실패의 상처가 너무 깊어서 모든 것을 내려놓고 싶었다. 정수기 설치기사로 새로운 일을 시작했지만, 마음 한구석에는 여전히 실패했던 그 일로 다시 일어서고 싶은 마음이 남아 있었다. 인정하고 싶지 않았지만, 그 실패는 나에게 단순히 끝이 아니라 다시 시작할 수 있는 가능성으로 자리 잡고 있었던 것 같다. 매일 새로운 일을 배우며 다른 길을 걸으려고 노력했지만, 머릿속에는 여전히 과거의 실패와 그 실패를 뛰어넘고 싶다는 생각이 맴돌았다. 당시에는 실패를 되돌아볼 용기도, 다시 시작할 자신도 없었다. 그러나 마음속 깊은 곳에서는 내가 정말로 원하는 것이 무엇인지 알고 있었던 것 같다.

운명은 결국 나를 다시 장사의 길로 이끌었다. 아이러니하게도, 그 길을 포기하려 했던 나를 다시 그 길 위에 세운 것은 바로 그 실패였다. 실패는 나에게 새로운 교훈을 남겼고, 나는 그 교훈을 바탕으로 다시 일어서기로 결심했다. 지금 나는 장사를 포기하는 대신, 오히려 장사 트레이너로서 성공의 길을 걷고 있다. 이러한 변화는 단순히 운이 좋아서가 아니다. 실패가 나에게 준 두 번째 기회 덕분에 나는 더 강해졌고, 나 자신을 완전히 재건할 수 있었다. 실패는 아프고 힘들었지만, 그것이 없었다면 지금의 나는 없었을 것이다.

나를 다시 세운 세 가지 열쇠

그 과정에서 나는 책을 읽고, 글을 쓰고, 달리기를 하며 내 자신을 끊임없이 다듬어 나갔다. 나도 모르는 사이에, 내 사고방식과 행동 방식이 조금씩 변화하고 있었다. 책을 통해 쌓은 지식이 단순히 머릿속에만 남아있던 것이 아니었다.

나는 협상력과 의사소통 능력이 급격히 향상되었고, 그것이 사람들과의 소통 방식을 완전히 바꾸어 놓았다. 예전에는 내 말이 무게 없이 흩어지곤 했지만, 이제는 내가 내뱉는 한마디 한마디가 더 설득력 있게 들리기 시작했다. 그 결과, 나는 스스로의 몸값이 올라가는 놀라운 경험을 할 수 있었다. 지금은 트레이닝 한 건당 적지 않은 금액을 받고 있으며, 이는 예전의 나로서는 상상조차 할 수 없었던 일이다.

하지만 이 변화는 하루아침에 일어난 것이 아니었다. 사실 책을 100권 읽는다고 해서 드라마틱한 변화를 즉시 느낄 수 있을 거라고 생각한 적은 없다. 변화는 점진적이었다. 마치 대나무의 성장 과정과 같았다. 대나무는 처음 5년 동안은 뿌리만 깊이 내리고, 겉으로는 단 1cm도 자라지 않는다. 그러나 뿌리가 충분히 내려진 후에는, 그 이후로는 믿을 수 없을 정도로 빠르게 자라기 시작한다. 나의 변화도 이와 다르지 않았다. 처음 몇 년간은 별다른 변화가 느껴지지 않았지만, 어느 순간부터 모든 것이 서서히 달라지기 시작했다.

변화는 서서히, 하지만 확실하게

책을 읽고, 글을 쓰고, 달리기를 실천한 나의 변화도 대나무처럼 서서히, 그러나 확실하게 이루어졌다. 여기서 질문을 던져보자. '왜 우리는 변화의 속도를 급하게 기대할까?' 대부분의 사람은 즉각적인 성과를 원하지만, 대개 진정한 변화는 오랜 시간 꾸준히 쌓여야 나타난다. 제임스 클리어는 그의 책 『아주 작은 습관의 힘』에서 이를 다음과 같이 설명한다.

"1%의 변화가 쌓이면, 결국 엄청난 차이를 만들어낸다. 처음에는 눈에 띄지 않을지라도, 시간이 지날수록 그 차이는 어마어마해진다."

책 읽기는 단순한 정보의 습득을 넘어서 내 사고의 틀을 재구성하는 과정이었다. 수많은 책을 통해 다양한 관점과 사고방식을 접하고, 그것을 내 방식대로 정리하고 소화하는 과정에서 내 뇌는 새로운 문장을 만들고 생각하는 틀을 쌓기 시작했다. 그런 사고가 글로 자연스럽게 표현되었고, 그로 인해 나의 설득력은 더할 나위 없이 높아졌다.

하지만 여기서 한 걸음 더 나아가, 이런 변화가 책 읽기와 글쓰기만으로 이루어진 것이 아니라는 점을 강조하고 싶다. 달리기가 내 정신과 신체에 끼친 영향 또한 무시할 수 없다. 존 고든의 『더 에너지 버스(The Energy Bus)』에서는 몸과 마음의 건강을 동시에 관리하는 것이 중요하다고 말하며, 신체 활동이 정신적 성취와 밀접하게 연결되어 있음을 언급한다.

"당신의 신체가 건강할 때, 에너지는 흐르고, 정신적으로도 더 나은 결정을 내릴 수 있다."

달리기를 통해 나는 신체적 건강을 개선했을 뿐만 아니라, 정신적 강인함 또한 함께 길러졌다. 달리기는 나에게 인내와 집중력을 선물해 주었고, 이를 통해 나는 더욱더 나은 결단력과 목표 달성 능력을 갖추게 되었다.

몸과 마음의 성장: 새로운 삶의 시작

결국, 이 모든 변화는 내 삶의 전환점을 만들어주었다. 달리기 덕분에 나는 신체적으로도 한 단계 더 나아갈 수 있었다. 나는 바디 프로필을 찍을 정도로 신체적 성장을 이루었고, 이는 단순히 외적인 변화에 그치지 않았다.

나의 신체적 변화는 내 삶을 전반적으로 더 건강하고, 균형 잡힌 방향으로 이끌어주었다. 실패로 무너졌던 과거와는 전혀 다른 삶을 살기 시작한 것이다.

이제 나는 스스로가 완전히 새로워졌음을 느낀다. 책을 읽고, 글을 쓰고, 달리는 습관은 여전히 나의 삶에서 중요한 부분을 차지하고 있다. 단순히 성취를 위한 수단이 아니다. 이러한 습관들이 나를 끊임없이 성장하게 만들고 있다는 것을 알기에 멈출 수가 없다. 내가 경험한 변화는 단순한 성공을 넘어, 삶의 질 자체를 근본적으로 바꾸어 놓았다.

실패는 끝이 아니라 두 번째 기회

내가 지금의 자리에 있게 된 것은 실패 후에 얻은 두 번째 기회 덕분이다. 그 두 번째 기회는 나에게 삶의 진정한 변화를 안겨주었고, 나를 새로운 사람으로 거듭나게 만들었다. 과거에는 실패를 끝이라고 생각했지만, 지금은 그 실패가 오히려 새로운 출발점이었다고 믿는다.

이 과정에서 떠오르는 질문은, '실패는 정말 끝일까?' 이에 대해 J.K. 롤링은 하버드 대학교 졸업식 연설에서 이렇게 말했다.

"실패는 불가피하다. 하지만 실패를 겪는 것은 우리가 불필요한 것을 벗어던지고 진정한 자신을 발견하는 과정이다."

실패를 통해 나는 나 자신에 대해 더 많이 배웠고, 무엇이 진정으로 중요한지 깨닫게 되었다. 그렇기에 나는 더 이상 실패를 두려워하지 않는다. 실패는 배움의 기회일 뿐 아니라, 성장의 기회이기도 하기 때문이다.

헨리 포드 역시 그의 말에서 이를 다음과 같이 표현했다.

"실패는 그저 다시 더 똑똑하게 시작할 수 있는 기회일 뿐이다."

이제 나는 이 모든 과정을 통해 배운 것들을 다른 이들에게 전수하는 사람이 되었다. 내가 경험한 실패와 성장의 과정을 다른 이들과 나누며, 그들에게도 새로운 길을 열어줄 수 있기를 바란다. 그리고 이것이 내가 책을 읽고 글을 쓰며, 달리기를 멈출 수 없는 이유이다. 실패는 끝이 아니라 두 번째 기회라는 사실을 나는 이제 누구보다도 잘 알고 있다.

여기서 잠시 멈춰 생각해 보자. 당신은 지금 어떤 실패를 겪고 있는가? 그 실패가 당신에게도 두 번째 기회를 제공할 수 있지 않을까? 실패를 새로운 시작으로 받아들인다면 그 실패는 오히려 성장의 디딤돌이 될 것이다.

실패를 통해 배운
자기 관리의 중요성

내가 과거로 돌아간다면 무엇을 가장 먼저 했을까? 스스로 이런 질문을 던져본 적이 있다. 답은 명확했다. 바로 '나 자신을 돌보는 것'이다. 과거의 나는 이 중요한 사실을 간과한 채, 돈을 빨리 벌고 성공하고 싶은 마음에 기술적인 부분에만 집착했다. 하지만 이제는 그 생각이 얼마나 얕은 판단이었는지 깨닫게 되었다.

자기 관리를 무시한 채 기술만 익히는 것은, 기초 없이 높은 탑을 쌓는 것과 다르지 않다. 탑은 언젠가 무너질 수밖에 없다. 그렇기에 진정한 성공을 위해서는 자기 관리가 가장 우선되어야 한다는 사실을 알게 되었다.

성공한 많은 사람들이 강조하는 것은 단순한 스킬이나 기술이 아니라, 바로 '자기 관리'다. 하지만 처음에 나는 그들의 말을 이해할 수 없었다. '성공하기 위해서는 실력을 키워야 하는 것 아닌가?' 하는 생각만 가득했다.

기술을 익히는 것에만 몰두했고, 정신적·육체적 건강에는 별로 신경 쓰지 않았다. 하지만 시간이 지나면서 깨달은 것은, 아무리 뛰어난 기술을 익혔다고 해도 그 기술을 활용할 나 자신이 준비되어 있지 않다면 그 기술은 아무 소용이 없다는 것이었다.

자기 관리는 성공의 기초

기술은 언제든 배울 수 있다. 그것이 중요한 부분이 아니라는 의미는 아니다. 기술은 성공을 위한 필수적인 도구다. 그러나 그보다 중요한 것은 그 기술을 사용하는 '사람'이다. 기술을 다루는 나 자신이 준비되지 않았다면 그 기술을 제대로 쓸 수 없을 뿐 아니라, 오히려 나를 더 힘들게 만들 수도 있다.

이는 마치 고급 스포츠카를 모는 사람이 운전 실력이 없다면 그 차의 성능을 발휘할 수 없고, 오히려 사고의 위험이 더 커지는 것과 같다. 그렇기 때문에 성공을 원한다면 가장 먼저 신경 써야 하는 것은 바로 자기 관리이다.

실패를 경험한 후, 나에게 가장 큰 교훈은 바로 이 자기 관리의 중요성이었다. 실패를 성공으로 바꿀 때 가장 처음 해야 할 일은 바로 자신을 돌보는 것이다. 스스로 건강을 챙기고, 정신적 균형을 유지하는 것이야말로 성공의 첫걸음이다.

이것이 이루어지지 않으면 아무리 훌륭한 기술이나 지식이 있더라도 그것을 온전히 활용할 수 없기 때문이다. 나는 이를 알기까지 꽤 오랜 시간이 걸렸다.

트리플 법칙: 첫 번째 단추를 끼우는 과정

자기 관리를 이루기 위한 대표적인 방법 중 하나가 바로 트리플 법칙이다. 트리플 법칙은 단순한 방법론 이상의 의미를 지닌다. 이는 삶에서 가장 중요한 세 가지 요소를 관리하고, 이를 통해 나 자신을 더욱 발전시키는 과정이다.

첫 번째 법칙은 바로 자기 관리이다. 이는 모든 성공의 시작점이며, 실패를 극복하기 위한 필수 조건이다. 트리플 법칙의 첫 번째 단추를 제대로 끼우는 것, 즉 자신을 잘 돌보는 것은 성공의 토대가 된다.

많은 사람들이 성공을 원하면서도 자기 관리를 소홀히 여긴다. 하지만 내가 나를 돌보지 않으면 그 누구도 나를 돌봐주지 않는다는 사실을 깨닫는 순간, 그 중요성은 더 이상 부정할 수 없는 진리가 된다.

자기 관리는 나의 신체와 정신을 강하게 만드는 것이며, 이는 곧 외적인 성과로 이어진다. 무너지지 않는 내면을 다지는 것이 성공을 유지하는 가장 큰 힘이 되는 것이다.

나만의 자기 관리 루틴 만들기

그렇다면 어떻게 자기 관리를 할 수 있을까? 그 답은 생각보다 간단하다. 누구나 시작할 수 있지만, 꾸준히 실천하는 것이 핵심이다. 자신에게 맞는 루틴을 만들고, 이를 지키는 것이 자기 관리의 첫걸음이다. 루틴을 만들기 위해 가장 먼저 할 일은 자신에게 필요한 것을 객관적으로 돌아보는 것이다. 나의 경우, 트리플 법칙(읽기, 쓰기, 달리기)이 내 삶의 기초를 이루는 습관이었다. 하지만 모든 사람이 같은 루틴이 필요한 것은 아니다. 어떤 사람에게는 운동보다 명상이 더 효과적일 수 있고, 책 읽기보다 일기 쓰기가 더 적합할 수 있다.

루틴은 단순히 하나의 행위에 머무르지 않는다. 그것은 일상 속에서 나를 안정시키고, 성장으로 이끄는 일련의 습관이다. 나 역시 트리플 법칙을 기반으로 하면서도, 여기에 삶의 다른 영역을 보완하기 위해 몇 가지 루틴을 더 추가했다. 예를 들어, 매일 아침 일정한 시간에 일어나 하루를 계획하는 것, 하루 동안 있었던 일들을 간단히 기록하며 스스로를 돌아보는 것, 그리고 일정 시간 동안 전자기기를 멀리 두고 온전히 나만의 시간을 갖는 것도 내 루틴의 일부였다. 이 작은 실천들이 쌓여 일상의 안정과 목표 달성을 가능하게 했다.

루틴을 만들고 지키는 과정은 결코 거창할 필요가 없다. 중요한 것은 그 루틴이 당신의 삶과 목표에 맞아야 한다는 것이다. 작은 것부터 시작해라. 작은 습관들이 쌓이면, 그것이 곧 당신만의 강력한 루틴이 될 것이다.

1) 신체적 건강 관리

적절한 식단을 유지하는 것은 신체 건강의 핵심이자 자기 관리의 가장 중요한 출발점이다. 많은 사람이 운동만으로 건강을 관리하려고 하지만, 사실 음식이야말로 우리의 몸과 마음에 가장 직접적인 영향을 미친다. 히포크라테스는 "음식이 곧 약이다."라고 말하며, 우리가 섭취하는 것이 건강과 삶의 질을 결정한다고 강조했다. 나는 하루 식단을 단순하고 균형 있게 구성하는 습관을 들였다. 가공식품을 줄이고 신선한 채소와 단백질을 중심으로 한 식사를 하면서 몸의 변화는 물론, 에너지가 더 높아진 것을 느낄 수 있었다. 예전에는 식사 시간에 별로 신경 쓰지 않았지만, 규칙적으로 먹고 적절한 양을 섭취하니 집중력과 생산성도 자연스럽게 향상되었다.

건강한 식단은 단순히 몸을 유지하는 데 그치지 않는다. 신체적으로 안정된 상태가 되면 정신적으로도 더 강해지고 스트레스에 대처하는 능력 또한 높아진다. 우리가 매일 먹는 음식이 단순한 영양 공급원이 아니라, 더 나은 삶을 위한 에너지와 힘을 제공한다는 사실을 기억해야 한다.

2) 정신적 휴식

명상, 책 읽기, 음악 감상과 같은 나만의 휴식 시간을 마련했다. 이는 일상 속에서 지친 나를 회복시키고, 다시 목표에 집중할 수 있도록 돕는 중요한 과정이다. 에픽테토스는 정신적 휴식과 명상의 중요성을 다음과 같이 설명한다. "평온한 마음은 지혜의 시작이다. 마음을 정돈하지 않으면 어떤 길도 분명하지 않다."

나는 명상을 통해 마음의 평온을 찾았고, 책을 읽으며 새로운 지혜를 얻었으며, 음악 감상을 통해 내면의 긴장을 풀었다. 이를 통해 정신적 에너지를 회복하고 다시 목표에 몰두할 수 있었다.

3) 목표 설정과 시간 관리

매일 내가 이루고자 하는 목표를 명확히 설정하고, 이를 작은 단계로 나누어 실천하는 습관을 들였다. 또한 이를 위해 시간을 효과적으로 관리하는 방법도 중요했다. 벤저민 프랭클린은 시간 관리를 다음과 같이 강조한다. "시간을 관리하지 않으면, 결국 시간에 지배당할 것이다."

시간 관리는 나의 하루를 더 효율적으로 만들었고, 그 결과 작은 성공들이 쌓여 큰 성과로 이어지게 했다. 목표를 작은 단계로 나누어 실천함으로써 나는 실패 없이 꾸준히 성장할 수 있었다.

실패는 돌이킬 수 없는 것이 아니다

결국, 실패는 성공으로 가는 길목에서 만나는 자연스러운 과정이다. 실패는 우리가 피할 수 없는, 그러나 필수적인 경험이다. 중요한 것은 그 실패를 어떻게 받아들이고 활용하느냐에 있다. 토머스 에디슨은 이런 말을 남겼다.

"나는 실패한 적이 없다. 나는 단지 잘못된 방법을 1만 가지 발견했을 뿐이다."

실패는 끝이 아니다. 그 실패를 통해 얻은 교훈은 그 누구도 빼앗아 갈 수 없는 나만의 소중한 자산이 된다. 실패는 오히려 나 자신을 다시 돌아보고, 그 과정에서 더욱 단단해지는 기회를 제공한다. 이것이 바로 실패의 본질이다. 존 맥스웰 역시 『빠르게 실패하기』에서 실패를 다음과 같이 설명한다.

"실패는 인생의 끝이 아니라, 더 나은 방향으로 나아갈 기회다."

우리는 실패를 통해 강해질 수 있다. 그 실패 속에서 자기 관리는 나를 재정비하고, 다시 나아갈 준비를 마치게 한다. 실패는 돌이킬 수 없는 과거가 아니라, 더 나은 미래를 위한 발판이 될 수 있다. 자기 관리는 이러한 기회를 성공으로 바꾸어 주는 첫 번째 열쇠다.

마지막으로, 스스로에게 이렇게 질문해 보자.

'당신은 자신을 얼마나 잘 돌보고 있는가?'

성공의 열쇠는 나를 돌보는 데에서 시작된다. 당신은 스스로를 돌보고, 성장할 준비가 되어있는가? 지금 이 순간, 당신은 실패를 어떻게 받아들이고 있는가?

이 질문에 답할 수 있는 순간, 진정한 성장이 시작될 것이다.

트리플 법칙의 실천 과정에서 얻게 된 삶의 지혜

삶에서 진정한 지혜는 오랜 경험과 학습을 통해 축적된다. 그리고 그 지혜는 단순히 지식을 얻는 것이 아니라, 우리의 신체와 정신이 조화를 이루는 과정에서 비롯된다. 트리플 법칙, 즉 읽기, 쓰기, 달리기는 단순한 일상적 습관을 넘어, 우리 삶에 깊은 지혜를 가져다주는 열쇠다. 이 법칙들을 꾸준히 실천하면서 나는 뇌와 신체의 변화뿐 아니라, 삶에 대한 깊은 통찰을 얻게 되었다.

과학적으로도 읽기, 쓰기, 달리기는 뇌를 활성화시키고, 정서적 균형을 잡아주는 중요한 역할을 한다. 뇌의 특정 부위를 자극하고 신경 연결을 강화하는 이러한 활동들이 지속적으로 실천될 때, 그 결과는 단순한 성과를 넘어 진정한 지혜로 이어진다. 그렇다면 트리플 법칙이 과학적으로 얼마나 효과적인지 함께 알아보자. 이 세 가지 습관이 우리의 삶에 어떤 변화를 가져오는지, 그리고 왜 꾸준히 실천해야 하는지를 확인해 보자.

읽기: 뇌를 강화하는 지혜

책을 읽는다는 것은 새로운 세계를 탐험하는 것과 같다. 단순한 정보 습득을 넘어, 읽기는 뇌의 다양한 영역을 활성화하고 상호 연결시킨다. 이를 통해 뇌는 더 효율적으로 작동하며, 사고의 폭이 넓어지고 깊어진다.

카네기 멜런 대학의 연구에 따르면 꾸준히 읽기를 실천한 사람들은 뇌의 백질(white matter)이 재조직되는 과정을 겪으며, 그 결과 정보 처리 능력과 인지적 효율성이 크게 향상된다. 백질은 뇌의 여러 영역을 서로 연결해 주는 역할을 하므로, 이 강화는 뇌의 전반적인 기능을 극대화하는 데 기여한다.

1) 뇌의 회백질 강화

백질은 뇌의 신경섬유로 구성된 부분으로, 여러 뇌 영역 간의 소통과 신호 전달을 담당한다. 책을 읽을 때, 백질의 재조직이 일어나며 뇌의 신경 연결성이 향상된다.

이는 우리가 복잡한 문제를 해결하고, 여러 관점을 통합하는 능력에 긍정적인 영향을 미친다. 특히 프로비던스 대학(Providence College)의 연구는 독서를 통해 백질이 강화됨에 따라, 언어 처리, 정보 통합, 문제 해결 능력이 향상된다고 보고했다.

2) 뇌의 회백질 증가

또한 에모리 대학(Emory University)의 연구에 따르면 소설이나 문학을 읽는 활동이 뇌의 회백질(Grey Matter) 밀도를 증가시킨다는 결과가 있다. 회백질은 뇌에서 정보를 처리하고 분석하는 역할을 담당하는 영역이다. 읽기는 회백질의 밀도를 높여, 뇌가 정보를 더 깊이 처리하고, 기억력을 증진시키는 데 도움을 준다.

3) 기억력과 집중력 향상

책을 읽는 행위는 뇌의 해마(hippocampus)에서 기억 형성에 중요한 역할을 하는 뉴런의 생성을 촉진한다. 특히 런던 대학교(University College London)의 연구는 정기적으로 책을 읽는 사람들이 정보 저장과 기억을 관리하는 능력이 크게 향상된다는 사실을 밝혀냈다.

이는 읽기가 장기적으로 기억력을 강화하고, 집중력과 정보 처리 능력을 발전시키는 중요한 요소임을 시사한다.

4) 공감 능력과 감정 처리

『뉴욕 타임스(The New York Times)』에서 발표한 연구에 따르면 특히 문학 작품을 읽을 때 독자들은 다른 사람의 감정을 더 잘 이해하고 공감하는 능력이 강화된다.

뇌의 공감과 관련된 부위인 전두엽(prefrontal cortex)이 활성화되며, 인간관계에서 더 나은 감정 처리와 상호작용을 돕는다. 즉, 책을 읽는 활동이 단순한 정보 전달을 넘어, 우리가 사람들과 더 깊이 연결되고 이해하는 데 도움을 준다.

이러한 과학적 근거를 바탕으로, 나는 책을 읽으며 단순히 지식을 축적하는 것에 그치지 않고, 세상을 바라보는 새로운 관점과 사고의 확장을 경험하게 되었다. 과학적으로 입증된 바와 같이, 읽기는 뇌의 특정 부위를 자극하고, 뉴런 간의 연결을 강화하여 정보 처리 능력을 향상시키는 역할을 한다. 또한 감정을 이해하고 타인의 입장을 공감하는 능력을 키우는 데도 중요한 영향을 미친다.

이 과정을 통해 나는 복잡한 문제를 보다 창의적으로 해결할 수 있는 힘을 얻게 되었다. 예를 들어, 다양한 주제의 책을 읽으면서 얻게 된 통찰력은 사업의 방향성을 결정하거나 예기치 못한 문제를 해결하는 데 큰 도움을 주었다. 또한 소설과 같은 이야기를 통해 타인의 삶을 간접적으로 경험하며 공감 능력이 발달되었고, 이는 사람들과의 관계에서도 긍정적인 변화를 가져왔다.

읽기는 단순히 뇌를 활성화시키는 활동이 아니라, 나의 삶에 구체적인 변화를 가져오는 도구였다. 읽기를 통해 나의 정보 처리 능력은 한층 더 체계적으로 발전했고, 이는 내가 어떤 상황에서도 명확하고 논리적으로 사고할 수 있도록 도와주었다. 결국, 읽기는 단순한 활동이 아니라 지혜를 축적하는 도구로서 나의 삶을 풍요롭게 만들었다.

쓰기: 창의적 사고를 자극하는 지혜

글쓰기는 생각을 정리하고 표현하는 강력한 도구다. 이를 통해 뇌는 새로운 아이디어를 조합하고, 문제 해결 능력과 창의력이 발달된다.

캘리포니아 대학교(UC Irvine) 연구에 따르면 글쓰기는 뇌의 전두엽을 활성화시키며, 이는 계획 수립, 문제 해결, 창의적 사고와 직접적으로 연관된 영역이다. 전두엽이 활성화되면 사고의 깊이가 더해지고, 복잡한 문제를 해결할 수 있는 능력이 증진된다.

1) 전두엽의 활성화

글쓰기는 사고의 흐름을 조정하고, 계획적인 행동을 가능하게 하는 전두엽의 활동을 자극한다. 캐나다 워털루 대학(University of Waterloo)의 연구는 글쓰기가 전두엽 기능을 강화해 복잡한 정보를 처리하고 전략을 세우는 데 필요한 능력을 향상시킨다고 밝힌 바 있다. 글쓰기를 통해 전두엽이 더 효율적으로 작동하며, 이를 통해 우리는 더 체계적으로 생각하고 문제를 해결할 수 있다.

2) 기억력과 정보 처리 강화

글쓰기는 뇌의 해마를 자극해 장기 기억을 강화하는 데도 도움을 준다. 캘리포니아 대학교 데이비스(UC Davis) 연구에서는 글쓰기를 꾸준히 할 경우, 기억을 체계적으로 정리하고 저장하는 뇌의 메커니즘이 강화된다고 보고했다. 글을 쓰는 행위는 뇌가 정보를 정리하고 조직하는 데 중요한 역할을 하며, 이를 통해 정보 처리 속도와 정확도도 함께 증가한다.

3) 감정 조절 및 스트레스 완화

글쓰기는 감정을 정리하고 관리하는 데도 큰 도움이 된다. 펜실베이니아 주립대(Penn State University)의 연구에 따르면 자기 성찰적 글쓰기는 감정을 더 잘 이해하고 표현할 수 있도록 도와주며, 스트레스와 불안을 줄이는 데 탁월한 효과를 발휘한다. 특히 복잡한 감정 상태를 글로 표현하는 과정에서 뇌의 자아 인식 영역이 활성화되어 감정 조절 능력이 강화된다.

4) 창의성 촉진

글쓰기는 창의적 사고를 자극하는 데 중요한 역할을 한다. 하버드 대학교의 연구에 따르면 글쓰기를 통해 뇌는 기존의 정보를 재구성하고 새로운 아이디어를 창출하는 데 있어 더 유연하게 작동한다. 이는 특히 창의성이나 문제 해결이 요구되는 상황에서 글쓰기가 사고의 유연성을 높이고, 독창적인 해결책을 찾는 데 도움을 준다는 것을 시사한다.

글을 쓰면서 나는 내면의 혼란을 정리하고, 스스로에 대해 더 깊이 성찰할 수 있었다. 이는 단순히 생각을 기록하는 행위가 아니라, 자기 성찰과 창의적 사고를 촉진하는 지혜의 도구였다. 글쓰기를 통해 나는 감정을 다루는 방법과 더불어, 창의적인 아이디어를 조직적으로 정리하고 실행에 옮기는 능력까지 키울 수 있었다.

달리기: 신체와 마음의 균형을 잡아주는 지혜

달리기는 신체적 건강을 유지하는 동시에, 뇌의 기능을 향상시키는 중요한 활동이다. 신체와 정신을 함께 단련시키는 달리기는 단순한 운동을 넘어, 인지 기능과 정서적 안정에 큰 영향을 미친다. 하버드 의과대학의 연구에 따르면 달리기는 뇌의 해마(hippocampus)에서 새로운 뉴런 생성을 촉진하여 학습 능력과 기억력을 향상시킨다. 이뿐만 아니라 달리기는 엔도르핀과 같은 긍정적 화학 물질의 분비를 촉진해 스트레스와 불안을 줄이고, 기분을 좋게 만든다.

1) 뉴런 생성 촉진

달리기와 같은 유산소 운동은 뇌의 해마에서 새로운 뉴런이 생성되는 신경 생성(neurogenesis) 과정을 촉진한다. 해마는 학습과 기억을 담당하는 중요한 뇌 영역이다. 하버드 의과대학 연구에서는, 달리기가 지속적인 뉴런 생성을 촉진해 기억력과 학습 능력을 개선하며, 특히 노화에 따른 인지 기능 저하를 예방하는 데 효과적이라고 밝혔다. 이는 달리기가 단순한 체력 향상을 넘어서, 뇌의 장기적인 건강을 보호하는 역할을 한다는 것을 의미한다.

2) 엔도르핀 분비로 인한 긍정적 감정

달리기를 할 때 엔도르핀(endorphin)이 분비되면서 기분이 좋아지고, 스트레스와 불안이 감소하는 현상이 일어난다. 이 현상은 흔히 '러너스 하이(Runner's High)'로 불리며, 달리기를 통해 정신적으로도 충전된 상태를 경험할 수 있다. 오레곤 보건과학대학(Oregon Health & Science University)의 연구에 따르면 달리기는 엔도르핀뿐만 아니라 세로토닌(serotonin)과 노르에피네프린(norepinephrine)의 분비도 촉진해 기분을 안정시키고 우울감을 줄이는 데 효과적이다. 이는 신체적 운동이 정서적 건강에도 긍정적인 영향을 미친다는 강력한 증거다.

3) 인지 기능 향상

달리기는 혈액순환을 개선해 뇌로 가는 산소와 영양분의 공급을 증진시킴으로써, 전반적인 인지 기능을 향상시킨다. 콜로라도 대학교 볼더(University of Colorado Boulder) 연구는 꾸준한 유산소 운동이 뇌의 전반적인 효율성을 높이고, 주의력, 계획 능력, 문제 해결 능력 같은 고차원적인 인지 기능을 향상시킨다고 보고했다. 이러한 연구는 달리기가 단순한 신체 활동을 넘어, 더 나은 정신적 성과를 만들어낸다는 것을 보여준다.

4) 스트레스 해소 및 정신적 강인함

달리기는 코르티솔(cortisol)이라는 스트레스 호르몬을 낮추는 데도 효과적이다. 미시간 주립대(Michigan State University) 연구에 따르면 꾸준히 운동하는 사람들은 스트레스에 대한 내성이 높아지고, 심리적 회복 탄력성이 강화된다. 달리기를 통해 스트레스 해소뿐만 아니라, 정신적 강인함을 기르는 데도 큰 도움이 된다. 이는 단순한 운동 이상의 혜택을 제공한다.

달리기를 실천하면서 나는 인내와 끈기의 지혜를 배우게 되었다. 신체적인 힘을 기르는 것뿐만 아니라, 정서적 안정과 정신적 강인함을 함께 길렀다. 달리기는 단순한 운동이 아니라, 나의 삶을 조화롭게 만들고 신체와 정신을 건강하게 유지하는 중요한 요소로 자리 잡았다. 이를 통해 나는 더 나은 결정을 내리고, 삶의 도전 과제를 긍정적인 태도로 받아들이는 법을 배울 수 있었다.

트리플 법칙이 주는 통합적 지혜

이제까지 우리는 읽기, 쓰기, 달리기가 각각 우리의 신체와 정신, 그리고 삶 전반에 어떤 과학적인 혜택을 제공하는지 살펴보았다. 이 세 가지 활동은 단순히 개별적인 습관이 아니라, 서로 보완적으로 작용하며 우리 삶의 전반적인 변화를 이끌어내는 강력한 도구다. 그렇다면, 이 트리플 법칙을 한 번에 이해하기 위해 간단히 정리해 보자. 이 세 가지 활동이 어떻게 연결되고, 어떤 결과를 가져오는지 명확히 이해하면 실천에 대한 동기와 방향성도 더 분명해질 것이다. 다음은 트리플 법칙의 핵심과 이를 통해 얻을 수 있는 구체적인 이점들을 정리한 내용이다.

1) 읽기를 통해 얻는 문제 해결의 힘

읽기는 현대인이 직면한 정보 과부하와 단편적인 사고를 해결하는 데 중요한 역할을 한다. 뇌의 여러 영역을 자극하고 서로 연결시킴으로써, 사고의 폭을 넓히고 새로운 관점과 아이디어를 습득하게 한다. 뉴욕 대학교(NYU)의 연구에 따르면 정기적으로 책을 읽는 사람들은 더 높은 수준의 인지 유연성과 문제 해결 능력을 보이며, 이는 직관적 사고와 분석적 사고를 동시에 강화한다. 읽기는 복잡한 문제를 구조화하고 더 나은 판단을 내릴 수 있는 힘을 제공한다.

2) 쓰기를 통해 얻는 내면의 정리와 명확한 방향

글쓰기는 혼란스럽고 복잡한 생각을 정리하며, 내면의 갈등을 해결하는 강력한 도구다. 뇌의 전두엽을 활성화하여 사고를 구조화하고, 감정 조절과 자기 성찰 능력을 증진시킨다. 이러한 과정을 통해 사람들은 자신의 목표를 명확히 하고, 구체적인 계획을 세우는 능력을 키울 수 있다. 글쓰기를 통해 얻는 내면의 명확성은 복잡한 문제를 단순화하고, 보다 효율적인 해결책을 도출하는 데 큰 도움을 준다.

3) 달리기를 통해 얻는 신체적·정신적 회복력

달리기는 스트레스와 체력 저하 같은 현대인의 공통된 문제를 해결하는 데 효과적이다. 해마에서의 뉴런 생성을 촉진하고, 뇌로 가는 산소와 영양분의 흐름을 개선하여 인지 기능을 향상시킨다. 하버드 의과대학의 연구는 유산소 운동이 뇌의 전반적인 기능을 강화하며, 정서적 균형과 스트레스 해소에 긍정적인 영향을 미친다고 밝혔다. 달리기는 신체적 건강뿐 아니라, 정신적 회복력을 기르는 데도 탁월한 도구로 작용한다.

이 세 가지 활동은 각각 독립적으로도 중요한 역할을 하지만, 상호보완적으로 작용할 때 그 효과는 더욱 증대된다. 읽기는 지식과 영감을 제공하며, 쓰기는 그 지식을 체계화하고 내면을 정리하게 돕는다. 달리기는 신체적·정신적 회복과 균형을 통해 이러한 지적·정신적 활동을 지속 가능하게 만든다.

결국, 이 세 가지가 함께할 때 복잡한 문제를 해결하고, 지속 가능한 성장을 이루는 데 필요한 강력한 시너지가 발생한다.

트리플 법칙의 진정한 힘

트리플 법칙은 그 자체로 삶을 풍요롭게 하고, 더 큰 성취를 이루기 위한 필수적인 과정이다. 이 법칙을 통해 나는 다양한 삶의 영역에서 더 큰 성취를 이룰 수 있었으며, 동시에 신체적, 정신적 균형을 유지할 수 있었다. 이 법칙은 단순한 자기 계발 도구가 아니라, 삶의 전반적인 조화를 이루는 지혜의 실천이다. 읽기, 쓰기, 달리기를 통해 나는 지적으로, 감정적으로, 신체적으로 균형 잡힌 성장을 이루었고, 이는 나의 모든 일상에서 긍정적인 영향을 미쳤다.

궁극적으로 트리플 법칙을 실천하면서 나는 나 자신을 더 잘 이해하게 되었고, 더욱 창의적이고 회복력 있는 사고를 발달시킬 수 있었다. 이 법칙은 내 삶의 중요한 기반이 되었으며, 앞으로도 성장과 성공의 필수적인 동반자로서 남아있을 것이다.

삶의 지혜는 단번에 이루어지지 않는다. 그것은 일관된 노력과 자기 성찰을 통해 꾸준히 쌓이는 것이다. 트리플 법칙-읽기, 쓰기, 달리기-은 내가 스스로를 관리하고 발전시키는 데 필수적인 역할을 해왔다.

이 과정을 통해 얻은 지혜는 단순히 하나의 영역에서 성공을 이루는 것이 아니라, 내 삶의 전반적인 균형과 성장을 가져다주었다. 각 활동은 뇌와 신체에 과학적으로 입증된 긍정적인 영향을 미치며, 그보다 더 중요한 것은 이러한 습관들이 지속적으로 삶에 대한 새로운 통찰을 제공하고, 더 큰 목표를 향한 동기부여를 제공해 준다는 점이다.

읽기는 나에게 새로운 세상을 열어주고, 쓰기는 그 세상을 나만의 방식으로 조직화하게 만들었다. 달리기는 이 모든 과정을 지속할 수 있는 에너지와 정신적 강인함을 제공했다. 이 세 가지가 상호작용하면서, 나는 나의 지적 능력뿐만 아니라 감정적, 신체적 균형을 함께 이루었다. 트리플 법칙은 단순한 자기 관리의 도구가 아니라, 나의 전반적인 삶의 방향을 이끄는 나침반이 되었다.

트리플 법칙을 통해 얻는 지속적인 성장

트리플 법칙의 진정한 힘은 지속성에 있다. 하루하루의 작은 실천들이 모여 결국 나를 변화시키고, 내가 꿈꾸던 목표에 다가갈 수 있게 만들어준다. 이것이야말로 진정한 삶의 지혜다. 이 법칙을 실천하면서 나는 단순히 더 많은 일을 성취하는 것 이상으로, 더 나은 결정을 내리고, 더 깊은 통찰을 얻게 되었다. 또한 이러한 활동들이 쌓이면서 나는 예상치 못한 새로운 가능성을 발견하게 되었다.

책을 읽는 독자 중에는 '왜 이런 이야기를 반복해서 강조할까?'라는 의문을 가질 수 있다. 하지만 반복의 중요성은 우리가 무언가를 진정으로 이해하고 실천하도록 돕는 데 있다. 심리학 연구에 따르면, 사람은 한 번 들은 정보보다 반복적으로 노출된 정보를 더 잘 기억하고, 그것을 행동으로 옮길 가능성이 높아진다.

트리플 법칙의 개념은 단순하다. 하지만 단순함 속에서도 진정한 변화를 이끌어내려면 꾸준한 실천과 명확한 이해가 필수적이다. 나는 이 책을 통해 독자들이 '또 이 소리야?'라고 느끼더라도, 결국에는 '그래서 이게 중요한 거였구나!'라는 깨달음을 얻길 바란다. 반복은 단순한 지루함을 넘어서, 삶에 실질적인 변화를 가져다주는 핵심적인 과정이다.

결국, 강조의 반복은 독자들에게 이 법칙이 왜 중요한지 깊이 각인시키고, 실천으로 이어질 수 있도록 돕기 위한 의도적인 설계다. 이러한 반복을 통해 독자들이 트리플 법칙의 진정한 가치를 이해하고, 자신의 삶에 적용할 수 있기를 희망한다.

당신의 트리플 법칙은 시작되었는가?

마지막으로 질문을 던져보자. 당신은 트리플 법칙을 통해 얼마나 많은 지혜를 쌓고 있는가? 읽기, 쓰기, 달리기를 통해 당신의 뇌와 삶은 이미 그 변화의 신호를 보내고 있을지도 모른다. 혹시 아직 시작하지 않았다면 지금이 바로 그 순간일 수 있다. 당신의 성장과 변화를 위한 첫걸음을 내디딜 준비가 되었는가? 그 답은 오직 당신 자신에게 달려 있다.

지혜는 하루아침에 얻어지는 것이 아니다. 그러나 매일의 작은 실천을 통해, 우리는 끊임없이 성장하고 변화하는 존재가 될 수 있다. 트리플 법칙은 단순히 목표를 이루는 도구를 넘어, 우리를 더 나은 방향으로 이끄는 나침반이 되어 줄 것이다.

이제 당신에게 필요한 것은 거창한 계획이 아니라 작은 시작이다. 매일 한 페이지를 읽고, 한 문장을 쓰고, 단 10분이라도 달리는 것. 이 작은 행동들이 쌓여 당신의 삶에 큰 변화를 가져올 것이다. 트리플 법칙은 당신을 기다리지 않는다. 당신이 움직여야만 그 힘이 발휘된다.

지금 이 순간, 당신의 첫걸음을 내디딜 준비가 되었는가? 그 답은 스스로에게 묻고, 실천으로 보여주는 것이다. 오늘이 바로 당신의 트리플 법칙이 시작되는 날이 되기를 바란다.

이제 당신의 선택만이 남아있다.

제6장

트리플 법칙의 장기적인 효과

"삶에서 가장 중요한 것은 균형을 찾는 것이다."

- 아리스토텔레스

성공은 단기적인 성과가 아니다

장사에 실패했을 때, 나는 6억 원의 빚을 지고 있었다. 솔직히, 이 돈을 갚지 않고 미국으로 불법 체류를 할 계획까지 세웠다. 하지만 불행 중 다행으로, 세금을 내지 않아 출국 금지 대상자가 되어 미국행은 좌절되었다. 이후 2년 동안 방황하며 술에 의지했다. 돌파구가 필요했지만, 내가 할 수 있는 게 없다는 사실에 절망감만 깊어갔다.

사람들은 내가 6억 원의 빚을 모두 갚았다고 하면 두 가지 반응을 보인다. 첫 번째 부류는 "6억을 갚았으니 벌었다고 생각하라"며 격려한다. 두 번째 부류는 "6년 동안 1억씩 갚은 셈이니 참 대단하다"며 이야기한다. 하지만 돈을 모아본 사람이라면 1년에 1억 원씩 저축하는 것이 얼마나 힘든 일인지 알 것이다. 어쩌면 불가능에 가깝다고 느껴질 수 있다.

결론부터 말하자면 나는 1년에 1억씩 갚은 게 아니다. 나의 좌절과 절망이 최고조에 달한 때는 6년 중 절반이 지난 3년 차였다. 그런데 아이러니하게도, 그 절망의 끝에서 한 줄기 빛이 보이기 시작했다.

코로나 시국에 밀키트 사업이 대박을 쳤다. 내가 기획하고 출시한 제품이었고, 회사를 통해 적잖은 보상을 받았다. 그 덕분에 빚을 조금 더 빨리 갚을 수 있었다. 그때 나는 햇빛과 그림자의 관계를 깨닫게 되었다. 빛이 강하면 그림자도 짙어진다. 탈무드에는 이런 말이 있다. "어두운 곳에 빛이 있고, 빛이 있는 곳에 어둠이 있다." 한쪽의 어려움이 다른 쪽의 기회를 만들어내는 것은 세상의 이치다. 한쪽이 망한다고 해서 다른 쪽까지 함께 망하는 것은 아니다.

이는 실패와 성공에도 그대로 대입된다. 실패를 통해 경험이 쌓이면 그만큼 다시 실패할 확률이 줄어들기 때문이다. 나 역시 처음엔 빛이라는 그림자와 씨름하며 모든 것이 무너진 듯 느껴졌지만, 그 과정에서 배운 교훈과 경험은 나를 더 단단하게 만들어주었다. 오프라인 장사가 안되자 온라인 판매가 수월해졌다. 당시 나는 한 영업장을 운영하고 있었는데, 생존을 위해 배달 사업에 뛰어들었고, 그 과정에서 밀키트 사업에 눈을 뜨게 되었다. 이 깨달음은 내게 있어 인생의 전환점이었다고 생각한다. 그림자 속에서도 빛을 찾아내는 법을 배웠기 때문이다.

기회는 이렇게 불현듯 찾아오는 법이다. 현재 나는 온라인과 오프라인 외식 산업 전반을 아우르며 일하고 있다. 내가 절망이라고 외쳤던 그 요식업에서 또 다른 기회를 얻은 것이다. 사실 음식 장사의 속성은 매우 간단하다. 그래서 진입 장벽이 낮다. 그러나 많은 사람들은 이 간단함을 간과한다. 너무 당연해서 주목하지 않는 것이다.

하지만 그 당연함을 지키는 사람들이 성공한다. 자신이 수고로움을 감수하면 장사는 자연스럽게 잘된다. 40년 넘게 장사하신 부모님을 보면 알 수 있는 사실을, 나는 너무 멀리 돌아왔다. 내가 트레이닝을 시켜주는 사람들에게도 자주 하는 말이 있다. "100명 중 1명이 만족한다면 그 한 명이 쌓여 100명이 되게 하십시오. 그러면 성공입니다."

"100명 중 단 한 명이라도 만족시킬 수 있다면 그 한 명 한 명이 모여 결국 100명이 될 것입니다. 그렇게 차곡차곡 쌓인 신뢰가 바로 성공의 시작입니다."

성공은 결코 단기적 성과를 보장하지 않는다. 한 명의 고객이 만족해야 비로소 성공의 첫 관문이 열리는 것처럼, 스스로에게도 1%의 성장이 쌓여 100%, 200%로 성장할 수 있다는 것이다.

실패한 사람 100명에게 물어보면 대부분 같은 말을 할 것이다. 그리고 성공한 사람들이 이 글을 읽는다면 그들 역시 나와 같은 이야기를 할 것이라고 확신한다. 비록 장르는 다르겠지만, 성공의 속성은 같기 때문이다.

성공을 이야기할 때, 많은 사람이 눈앞의 성과에만 집중하는 경향이 있다. 목표를 빨리 달성하고, 즉각적인 보상을 받는 것만이 성공이라고 생각하기 쉽다. 하지만 이는 성공에 대한 본질을 놓친 잘못된 인식이다. 그랜트 카돈의 『10배의 법칙』에서도 이 점을 강조하며, 성공이란 단기적인 결과가 아니라 꾸준한 노력과 습관을 통해 이루어진다고 말한다. 특히 일관된 실천과 장기적인 비전이야말로 진정한 성장을 가능하게 한다고 설명한다.

결국, 성공은 순간적인 승리가 아니라, 매일의 작은 실천들이 쌓여 이루어지는 것이다. 중요한 것은 눈앞의 성과에 급급해하기보다, 지속 가능한 변화를 위해 무엇을 해야 할지 고민하고 꾸준히 실천하는 것이다. 그렇다면 장기적인 성공을 위한 구체적인 사례와 방법들은 어떤 것들이 있을까? 이제 그것을 함께 살펴보자.

꾸준히, 조금씩, 그러나 멈추지 않고

1) 복리로 쌓이는 성장: 하루 1%의 개선

그랜트 카돈은 성공을 『10배의 법칙』으로 설명하며, 단기적 성과보다는 장기적 관점에서의 성장이 중요하다고 말한다. 많은 사람들이 성취를 빨리 이루고 싶어 하지만, 즉각적인 성과는 대부분 오래가지 않으며, 지속 가능한 성공을 위해서는 오랜 시간에 걸친 꾸준한 성장이 필수적이다. 이들은 성공을 복리로 쌓이는 과정으로 비유한다.

예를 들어, 매일 1%의 작은 개선이 일어난다고 가정해 보자. 이 작은 변화는 처음에는 거의 눈에 띄지 않지만, 시간이 지나면서 그 누적된 효과는 놀라운 성과로 이어진다. 수학적으로 계산해 보면 매일 1%씩 개선된다는 것은 1년이 지나면 약 37배의 성장이 이루어진다는 뜻이다. 마치 돈이 복리로 불어나듯, 꾸준히 쌓인 노력은 시간이 지날수록 엄청난 변화를 가져온다.

2) 작은 성취의 누적이 만드는 큰 변화

구체적인 예로, 매일 10분씩 책을 읽는 습관을 들인다면 처음에는 큰 변화가 느껴지지 않을 수 있다. 그러나 1년이 지나면 10분씩 읽은 것이 누적되어 수백 페이지의 지식을 쌓게 된다. 이는 곧 지적 성장으로 이어진다. 이러한 습관을 계속해서 유지하면 5년, 10년 후에는 눈에 띄는 성장을 경험할 수 있다. 이처럼 작은 성취를 꾸준히 쌓아가는 것이 중요하며, 단기적인 성과에만 집착하지 않고 장기적인 성과를 바라보는 시각이 필요하다.

3) 장기적인 목표 설정과 계획

그랜드 카논은 단기적인 목표보다는 장기적인 비전을 설정하는 것이 성공의 중요한 요소라고 강조한다. 이들은 장기 목표를 설정할 때 구체적이고 명확한 계획을 세우는 것이 중요하다고 말한다.

예를 들어, '5년 안에 전문 분야의 전문가가 되겠다'는 목표를 세운다면 이를 달성하기 위한 구체적인 학습 계획과 실행 방법을 마련해야 한다. 이 목표를 1년 단위로 나누고, 매일 실천할 작은 행동들로 세분화해 가는 방식은 장기적인 성공을 위한 효과적인 전략이 될 수 있다.

간단한 방법을 제안하자면

① 장기적인 비전 설정

예를 들어, 5년 내에 직장에서 리더십 포지션을 맡겠다는 목표를 세운다.

② 중기 목표로 세분화

1년 단위로 목표를 나누고, 첫해에는 특정 자격증을 취득하고, 두 번째 해에는 프로젝트를 성공적으로 이끌겠다는 구체적인 목표를 설정한다.

③ 매일 실천 가능한 행동 설정

매일 30분씩 리더십 관련 책을 읽거나 새로운 기술을 익히는 등 작은 행동을 매일 꾸준히 실천한다.

이러한 방식으로 장기적인 목표를 세우면 비전이 막연하지 않고 구체적인 계획을 통해 실현 가능해진다. 꾸준한 작은 행동들이 모여 큰 성과를 만들어낼 수 있는 것이다.

4) 지속 가능한 성공을 위한 인내와 끈기

장기적인 성장을 이루기 위해서는 인내와 끈기가 필수적이다. 많은 사람들이 단기적인 성과가 나타나지 않으면 포기하는 경향이 있지만, 꾸준한 노력은 반드시 결과로 이어진다. 예를 들어, 운동을 통해 체력을 기르는 과정을 생각해 보자. 첫 달에는 큰 변화가 없을 수 있지만, 몇 달이 지나면 신체의 변화가 서서히 나타나고, 1년 후에는 더 강해진 자신을 발견할 수 있다.

작은 성공에 집착하지 않고 큰 그림을 그리기

작은 성공에 지나치게 집착하면 장기적인 목표에서 멀어질 수 있다. 단기적인 성과는 잠깐의 만족감을 줄 수 있지만, 그것에만 매달리면 더 큰 비전이나 장기적인 성장 가능성을 간과하게 된다. 예를 들어, 한 번의 승진에 과도하게 집중하면 경력 전반에 걸친 발전 방향을 놓칠 수 있다.

성공은 순간의 결과가 아니라, 습관과 노력의 축적으로 이루어진다. 단기적인 성취에 집착하기보다는 꾸준한 성장과 장기적인 비전을 지향해야 한다. 작은 성공이 성취감을 주는 것은 사실이지만, 그것이 우리의 최종 목표가 되어서는 안 된다.

오히려 중요한 것은 장기적인 목표를 설정하고, 이를 향해 꾸준히 나아가는 것이다. 작은 성공들은 그 과정에서 자연스럽게 따라오는 결과일 뿐, 우리의 최종 목적이 되어서는 안 된다. 이렇게 큰 그림을 그리고 장기적인 성장에 집중할 때, 우리는 더 지속 가능하고 의미 있는 성취를 이룰 수 있다.

실패를 받아들이는 올바른 자세

장기적인 성공은 꾸준한 노력과 작은 성취의 누적으로 이루어진다. 성공은 복리로 쌓아가는 과정이며, 단기적인 성취에 집착하지 않고 장기적인 목표를 설정해 일관된 방향으로 나아갈 때 비로소 성취할 수 있다. 작은 개선이 쌓여 시간이 지나면 큰 차이를 만들어내며, 이것이 지속 가능한 성장의 핵심이다. 습관과 끈기, 그리고 장기적인 비전을 통해 우리는 일시적인 성과가 아닌 지속 가능한 성공을 이룰 수 있다.

성공을 향한 여정에는 언제나 실패라는 장애물이 존재한다. 이를 1단계에서 10단계까지의 과정으로 나누어 본다면, 많은 사람들이 8단계에서 멈추곤 한다. 이 시점이 바로 실패를 경험하는 지점이라는 것이다.

사람들은 각자의 인생에서 여러 형태의 실패를 경험한다. 예를 들어, 러닝을 하다 중간에 포기하게 되거나, 난독증으로 인해 책을 읽는 데 어려움을 겪는 사람도 있을 것이다. 이들은 모두 8단계에서 멈추는 경우가 많다. 가장 신기한 것은, 많은 경우 '될 것 같은데 조금만 더 하면 이룰 것 같은데….'라는 순간에 실패가 찾아온다는 점이다. 그런데 이 지점만 넘기면 비로소 성공이 보인다.

여기서 중요한 깨달음이 있다. 실패는 결코 끝이 아니라는 것. 오히려 실패는 우리에게 '조금만 더 나아가라'는 신호다. 당신이 이미 8단계까지 왔다면 이제 남은 건 단 두 단계뿐이다. 그런데 이 두 단계를 우리는 '오차'라고 부를 수 있다. 오차란 나 자신이 부족해서, 혹은 환경적인 요인 때문에 멈추는 지점을 말한다. 그렇다고 해서 그동안의 노력이 모두

무의미해지는 것은 아니다. 이 오차는 곧 우리에게 중요한 교훈을 주는 '스승'과 같다.

내가 망했던 시절을 돌아보면, 결국 이 오차가 나를 성장시키는 원동력이 되었음을 깨닫게 된다. 실패는 결코 나를 끝장내지 않았다. 오히려 실패는 나에게 또 다른 기회를 제공했고, 그 과정을 통해 더 단단해졌다. 실패는 우리에게 다른 길을 선택하라는 '가이드 메시지'일 뿐이다. 사업에 실패했나? 새로운 사업을 시도하라는 신호다. 시험에 떨어졌나? 다른 길을 찾아보라는 메시지다. 중요한 건 실패가 나를 넘어뜨리는 게 아니라, 내가 새로운 방향으로 나아갈 수 있도록 인도한다는 사실이다.

그렇다면 8단계에서 멈췄을 때, 그동안의 노력이 물거품이 되는 걸까? 절대 아니다. 7전 8기라는 말이 있다. 7번의 실패가 있었음에도 결국 8번째에 성공을 이뤘다면 그 7번의 실패는 모두 성공의 발판이 되었던 것이다. 즉, 실패는 우리가 쌓아온 경험과 내공을 무너지게 하지 않는다. 실패는 우리에게 내공을 쌓게 해주는 과정이다. 그리고 이 내공은 오직 실패를 통해서만 얻을 수 있는 귀중한 자산이다.

실패를 두려워할 이유가 없다. 실패는 우리에게 큰 성공으로 나아가는 길을 알려주는 신호일 뿐이다. 실패할수록 우리는 더 단단해지고, 더 많은 내공을 쌓는다. 실패 없이 이루는 성공은 오히려 그 크기가 작을 수밖에 없다. 그러니 두려워하지 말고 실패를 받아들이자. 그 속에서 우리는 성공으로 나아갈 힘을 얻게 된다.

결국, 장기적인 성공을 이루기 위해서는 실패를 피할 수 없다. 실패를 통해 우리는 배우고, 성장하고, 더 나은 길을 찾을 수 있다. 그러니 실패했다고 좌절하지 말자. 실패는 성공을 향한 필수 과정이며, 그 과정에서 우리는 더 강해질 것이다. 이제 실패를 두려워하지 말고, 그 실패를 발판 삼아 끝까지 나아가자. 우리의 성공은 그 바로 앞에 있다.

읽기, 쓰기, 달리기가 가져오는 지속 가능한 변화

모든 변화는 작고 단순한 목표에서 시작된다. 우리의 일상에서 쉽게 실천할 수 있는 목표 하나를 꾸준히 실천한다면, 그것은 복리처럼 쌓여 놀라운 성과로 이어진다. 읽기, 쓰기, 달리기라는 세 가지 활동은 단순한 일상적인 습관을 넘어서, 삶을 변화시키는 강력한 도구가 될 수 있다. 여기에서 우리는 프리드리히 니체의 세 가지 변신 단계를 빗대어, 어떻게 이러한 작은 목표들이 더 큰 성취로 확장되고, 궁극적으로 삶의 근본적인 변화를 이끌어내는지를 살펴볼 것이다

니체는 인간의 성장과 변화를 낙타 단계, 사자 단계, 어린아이 단계라는 세 가지 상징적인 변신으로 설명했다. 이와 마찬가지로, 읽기, 쓰기, 달리기를 꾸준히 실천하는 과정은 이 세 단계를 거치며 더 깊은 깨달음과 성장을 가져온다.

1일 차: 낙타 단계– 짐을 지고 묵묵히 나아가기

니체가 말한 첫 번째 단계인 낙타 단계는 짐을 지고 무거운 책임과 의무를 감내하며 나아가는 시기다. 읽기, 쓰기, 달리기의 여정 역시 처음에는 마치 낙타처럼 무거운 짐을 짊어지고 시작해야 한다. 하루 10분 책 읽기, 짧은 5분 달리기, 한 줄씩 글쓰기처럼 작은 목표를 설정하더라도, 처음에는 이 과정이 익숙하지 않아 힘겹게 느껴질 수 있다.

하지만 이 단계에서 중요한 것은 꾸준함이다. 낙타가 사막을 묵묵히 걸어가듯, 우리는 작은 목표를 매일 실천하며 자신을 단련한다. 이 시점에서 외부적으로 큰 변화는 보이지 않을지라도, 내면에서는 점차적으로 강인한 의지와 습관이 형성되고 있다. 낙타 단계는 자기 훈련의 시기이며, 이것이 변화의 첫 단추가 된다.

1년 차: 사자 단계– 내면의 강인함과 자유 추구

1년이 지나면 매일 꾸준히 실천해 온 작은 목표들이 점차 쌓여간다. 이제 우리는 사자 단계에 접어들게 된다. 니체의 사자 단계는 내면의 자유와 힘을 추구하며, 기존의 틀을 부수고 자신만의 길을 개척하는 시기다.

매일 실천한 읽기는 우리의 사고와 지식의 폭을 넓히며, 글쓰기를 통해 우리는 자신의 생각을 명확하게 표현하고 정리할 수 있는 능력을 기르게 된다. 달리기는 신체적인 건강을 유지할 뿐만 아니라, 스트레스를 이겨내고 정신적으로 회복할 수 있는 강인한 힘을 길러준다. 이제 우리는 단순한 습관을 넘어서, 스스로 선택한 목표를 달성하기 위한 강한 의지를 가지고 나아가고 있다.

이 단계에서 중요한 것은 자신만의 길을 찾는 것이다. 단순한 일상의 반복을 넘어서, 우리는 읽기, 쓰기, 달리기를 통해 더 깊이 있는 성장과 자기 확신을 얻는다. 사자는 과거의 낡은 제약들을 깨부수고, 스스로의 기준과 가치를 세워나가는 존재다. 이는 우리 역시 독립적인 사고와 행동을 통해 더 큰 성취를 향해 나아가는 과정이다.

3년 차: 어린아이 단계— 창조적 변화와 자유로운 가능성

3년 차에 접어들면 우리는 어린아이 단계로의 변신을 맞이하게 된다. 니체는 어린아이 단계를 '창조적이고 자유로운 정신'을 상징한다고 말한다. 이 단계는 기존의 틀과 제약을 넘어 새로운 가능성을 창출하는 시기다.

이제 단순히 매일 실천하는 작은 목표에서 벗어나, 우리는 더 크고 창의적인 도전과 목표를 설정하게 된다. 읽기는 단순한 지식 습득을 넘어, 새로운 아이디어와 문제 해결 능력을 키우는 데 활용된다. 글쓰기는 이제 자신의 철학과 가치관을 세상에 표현하고, 더 큰 프로젝트나 기획을 통해 영향력을 발휘하는 도구가 된다. 달리기는 단순히 신체 건강을 위한 것이 아니라, 정신적 안정과 창의적인 에너지를 이끌어내는 중요한 활동으로 자리 잡는다.

이 단계에서 우리는 더 이상 외부의 목표나 평가에 얽매이지 않고, 자유롭게 자신만의 기준과 방식으로 삶을 창조한다. 어린아이처럼 무한한 가능성을 열어두고, 그것을 마음껏 실험하고 실천하는 시기로 접어든다. 이제 우리는 그동안 쌓아온 내공을 바탕으로 진정한 변화를 경험하며, 삶을 창조적으로 재구성하게 된다.

5년 차: 폭발적인 성장과 변환

5년이 되면 이제 변화는 명확하게 드러난다. 어린아이 단계에 도달한 우리는 창조적인 에너지로 가득 차, 그동안 쌓아온 작은 변화들이 마침내 폭발적인 성과로 나타나는 것을 경험하게 된다. 매일 읽고 쓴 글은 단순한 습관이 아닌, 삶의 통찰을 제공하는 도구로 발전했고, 달리기는 신체와 정신 모두를 단련시키는 강력한 원동력이 되었다.

마치 대나무가 5년 동안 뿌리를 다진 후, 단 몇 주 만에 급성장하듯이, 그동안 쌓아온 작은 변화들은 이제 폭발적인 성장을 이끌어낸다. 우리는 스스로 설정한 목표를 넘어, 더 큰 도전과 변화를 마주할 준비가 되어있다. 니체의 어린아이 단계에서처럼 이제 우리는 자유롭게 새로운 가능성을 창출하고, 진정으로 창조적인 삶을 살아갈 수 있게 된다.

성공은 작은 목표로부터 시작하는 변화의 여정

읽기, 쓰기, 달리기라는 작은 습관들이 니체의 세 가지 변신 단계와 같은 과정을 통해, 어떻게 더 깊고 창조적인 성장을 이끌어내는지를 살펴보았다. 첫날의 작은 목표가 낙타처럼 묵묵히 짐을 지고 나아가는 과정이라면, 1년 후에는 사자처럼 자유를 추구하고, 3년 후에는 어린아이처럼 창조적인 변화를 맞이하게 된다.

이 과정에서 중요한 것은 꾸준함과 성실함이다. 처음에는 힘들고 느린 과정일 수 있지만, 그것이 시간이 지남에 따라 놀라운 성과를 만들어낸다. 작은 목표가 쌓여 복리처럼 증폭되며, 결국에는 인생을 완전히 변화시키는 강력한 도구가 될 것이다. 니체의 변신처럼 우리는 끊임없는 변화와 성장을 통해 진정으로 자유롭고 창조적인 삶을 살아갈 수 있다.

신체와 정신의 장기적 변화와 균형

신체와 정신의 장기적 변화와 균형은 우리가 건강한 삶을 유지하는 데 있어서 가장 중요한 요소 중 하나다. 신체적인 건강만을 강조하거나 정신적인 건강만을 우선시하는 접근은 오래가지 못한다. 두 가지는 밀접하게 연결되어 있으며, 한쪽이 무너지면 결국 다른 쪽도 함께 무너질 가능성이 크다. 김경일 교수의 『적정한 삶』에서 명확하게 설명된 것처럼, 우리는 신체와 정신의 균형을 유지할 필요가 있다.

"몸이 아프면 의사를 찾듯, 마음이 아플 때도 적절한 치료가 필요하다."라는 김경일 교수의 말처럼, 신체적 피로뿐 아니라 정신적 피로도 결코 무시해서는 안 된다. 교통사고를 당했을 때 우리 몸이 쉬어야 회복하듯, 정신적으로도 지쳤을 때는 반드시 충분한 휴식과 회복이 필요하다. 무리하게 신체를 혹사시키면 더 큰 부상이 오는 것처럼, 정신적으로도 끊임없이 스트레스를 참고 넘긴다면 더 큰 문제로 이어질 수 있다.

신체와 정신은 하나의 시스템이다

심리학자 칼 융(Carl Jung)은 이렇게 말했다. "몸과 영혼은 결코 분리될 수 없는 전체이다". 우리의 신체와 정신은 독립적으로 작동하는 것이 아니라 하나의 시스템으로 긴밀하게 연결되어 있다. 융의 이 말은 단순한 신체적 건강관리나 정신적 관리만으로는 진정한 건강을 이룰 수 없다는 것을 잘 보여준다. 신체와 정신이 균형을 이뤄야만 건강한 삶을 지속할 수 있다.

신체가 피로하거나 아프면 우리는 자연스레 휴식을 취하거나 병원을 찾지만, 정신적 스트레스나 우울감은 종종 무시되거나 소홀히 다뤄지기 쉽다. 하지만 정신적 피로가 쌓여 무너진다면 신체적 건강 또한 유지하기 어려워진다. 이를테면 "건강한 신체에 건강한 정신이 깃든다"는 고대 로마 시인 유베날리스(Juvenal)의 말은 신체와 정신의 균형이 얼마나 중요한지를 상징적으로 표현한 것이다.

정신적 피로는 반드시 관리해야 한다

김경일 교수는 신경정신과 치료의 중요성을 강조하며, 정신적 건강이 신체적 건강만큼이나 중요하다고 지적한다. 그는 "정신적 건강을 위한 치료는 부끄러운 일이 아니라, 현명한 선택이다."라고 말한다. 이 메시지는 실패를 경험한 많은 사람들에게 특히 중요하다. 실패의 상처는 우리 마음 깊숙한 곳에 치명적인 흔적을 남기지만, 이는 적절한 치료와 관리로 회복할 수 있다. 정신적 어려움을 마주했을 때, 그것을 혼자 짊어질 필요는 없다.

나 역시 실패 속에서 헤매던 시기가 있었다. 과거의 좌절과 스트레스에 대한 해답을 찾지 못한 나는 술에 의존하게 되었고, 결국 알코올 의존증으로 고통을 겪었다. 실패의 무게는 점점 커져만 갔고, 나는 그로 인해 정신적·신체적으로 한계에 도달한 상태였다.

하지만 이를 극복하기 위해 신경정신과 진료를 받기 시작했고, 그 과정을 통해 비로소 정신적 상처를 치유할 수 있었다. 이 경험을 통해 깨달은 것은, 정신적 건강의 문제는 감기처럼 누구에게나 찾아올 수 있는 것이라는 사실이다. 실패를 겪은 사람들에게 가장 중요한 메시지는 바로 이 점이다.

"감기에 걸리면 우리는 병원에 가서 치료를 받듯, 정신적 상처도 전문가의 도움을 받아야 한다."

실패를 경험한 사람 중 많은 이들은 정신적 어려움에 부딪히면서도 이를 혼자 감당하려고 한다. 그로 인해 더 깊은 좌절에 빠지거나, 내면의 고통을 무시한 채 살아가려고 한다. 하지만 나 역시 알코올 의존증을 치료하는 과정에서 깨달았듯, 정신적 상처는 결코 부끄러운 것이 아니다. 오히려 정신적 건강을 위한 치료와 관리는 실패의 아픔을 치유하고 새로운 도약을 준비하는 과정에서 가장 중요한 단계이다.

실패로 인해 무너졌을 때, 중요한 것은 자신을 다시 세우기 위한 회복이다. 정신적 피로와 상처는 그저 참고 넘길 일이 아니라, 반드시 치유해야 할 부분이다. 신경정신과 치료나 상담을 받는 것은 내 삶을 더 나아지게 만들기 위한 현명한 선택이며, 이를 통해 나는 정신적 회복과 신체적 건강 모두를 되찾을 수 있었다. 실패는 끝이 아니다. 오히려 그것은 우리가 새로운 시작을 준비하는 출발점일 뿐이다.

"마음의 병은 때로 신체의 병보다 더 고통스럽다."라는 말처럼, 정신적 상처는 우리의 삶을 무너뜨릴 수 있다. 그러나 그 상처 역시 치료가 가능하다. 나는 실패의 고통을 알코올로 잠시 잊으려 했지만, 결국 그 문제를 해결하기 위해 정신적 치료가 필요했다. 정신적 어려움과 싸우는 것은 부끄러운 일이 아니다. 오히려 이것은 내가 더 나은 방향으로 나아가기 위한 필수적인 과정이었다. 그렇기에 여러분에게도 이 말을 전하고 싶다. 정신적 어려움 앞에서 혼자 무너지지 말라. 감기에 걸리면 병원을 찾듯, 정신적 상처에도 마땅히 치료와 회복의 시간이 필요하다.

실패는 누구에게나 찾아온다. 중요한 것은 그 실패가 우리를 영원히 좌절하게 만드는 것이 아니라, 새로운 기회와 방향을 제시하는 단계라는 것이다. 실패로 인해 무너졌을 때, 우리는 그 실패를 극복하기 위해서라도 마음의 건강을 지켜야 한다. 실패는 끝이 아니라 다른 시작을 위한 가이드이며, 그 과정에서 자신을 돌보는 것이 가장 중요하다.

정신적 피로와 상처는 누구나 겪을 수 있는 감기와 같은 자연스러운 문제다. 그렇기에 그 문제를 스스로 짊어지려 하지 말고, 전문가의 도움을 받아 회복하는 것이 중요하다. 나 역시 알코올 의존증 치료를 통해 정신적 건강을 회복할 수 있었던 것처럼, 여러분도 자신의 상처를 치료하고 새로운 출발을 할 수 있다.

실패는 끝이 아니다. 실패는 회복과 성장을 위한 새로운 기회이며, 그 과정을 통해 우리는 더 단단해지고, 더 나아질 수 있다. 실패를 마주한 여러분, 절대로 좌절하지 말고, 정신적 상처도 치유하며 새로운 도전을 준비하라. 실패는 그저 감기 같은 문제일 뿐이다. 완전히 회복된 후에는 더 건강하고 강해진 자신을 발견할 수 있을 것이다.

신체와 정신의 균형이 가져오는 장기적인 혜택

신체와 정신의 균형은 단기적인 성과만을 가져오는 것이 아니다. 균형 잡힌 신체와 정신은 우리가 일상에서 더 높은 생산성을 발휘하게 하고, 더 나은 결정을 내릴 수 있도록 도와준다. 정신적 스트레스가 적고 신체적으로도 활력이 넘친다면 우리는 삶에서 더 큰 도전도 성공적으로 이겨낼 수 있다. 철학자 아리스토텔레스(Aristotle)는 이렇게 말했다. "건강은 인생의 모든 행복의 기초이다". 신체와 정신이 균형을 이루면 그 자체로 우리는 건강하고 행복한 삶을 살아갈 수 있는 기초를 마련할 수 있다.

더 나아가, 신체적 건강과 정신적 안정을 모두 갖추었을 때, 우리는 장기적으로 더 큰 성과를 이룰 수 있다. 신체적 운동을 통해 얻은 체력은 스트레스를 더 잘 관리할 수 있게 하고, 정신적 회복은 일상에서 겪는 다양한 도전과 어려움 속에서도 흔들리지 않는 안정감을 제공한다. 이것이 바로 지속 가능한 건강 플랜의 핵심이다.

신체와 정신을 함께 돌보는 방법들

그렇다면 신체와 정신의 균형을 이루는 구체적인 방법은 무엇일까? 사실 이러한 모든 것은 트리플 법칙이라는 간단한 실천으로도 가능하다. 읽기, 쓰기, 달리기라는 세 가지 활동은 단순한 습관을 넘어, 신체와 정신이 하나로 연결되어 있음을 이해하고 이를 균형 있게 관리할 수 있는 기본 틀이 될 수 있다. 물론, 트리플 법칙이 모든 문제를 해결해 주는 만병통치약은 아니다. 하지만 신체적 건강과 정신적 안정을 함께 돌보는 출발점으로서 강력한 도구가 될 수 있다. 이 법칙은 우리가 신체와 정신의 조화를 이루기 위해 실천할 수 있는 간단하고도 효과적인 방법이다.

아래는 일반적으로 정신과 육체를 회복하는 단계를 설명한 내용이다. 트리플 법칙과 얼마나 유사한지 비교해 보라.

1) 신체적 운동

꾸준한 운동은 신체 건강뿐만 아니라 정신적 안정에도 큰 도움이 된다. 연구에 따르면 운동은 스트레스 호르몬인 코르티솔을 줄이고, 행복 호르몬인 엔도르핀을 분비해 기분을 긍정적으로 만들어준다. 매일 30분에서 1시간씩 규칙적인 운동을 실천하면 신체적으로 강해지고, 정신적으로도 더욱 안정될 수 있다.

2) 정신적 회복

적절한 휴식과 마음을 돌보는 시간도 필수적이다. 하루 10분 명상이나 심호흡 운동, 또는 일기를 통해 스트레스를 관리하고 생각을 정리하는 것은 매우 효과적이다. 정신과 의사 스콧 펙(Scott Peck)은 "삶의 여정에서 심리적 치료는 혼란을 벗어나려는 사람에게 현명한 선택이다."라고 말한 바 있다. 트리플 법칙의 글쓰기 실천은 이러한 정신적 회복을 돕는 강력한 도구가 된다.

3) 균형 유지

신체와 정신의 균형을 유지하기 위해서는 어느 한쪽에만 집중하지 않고, 둘 다 적절하게 관리하는 것이 중요하다. 신체적 건강은 정신적 안정을 위한 기반이 되고, 정신적 균형은 신체의 활력을 유지하는 데 필수적이다. 트리플 법칙의 세 가지 활동은 이 둘 사이의 조화를 이루는 데 효과적인 방법이다.

결국 트리플 법칙은 단순히 신체와 정신을 따로 관리하는 것이 아니라, 신체와 정신이 하나로 연결된 존재임을 이해하고, 그 균형을 맞추는 방법이다. 작은 실천으로 시작한 이 법칙이 당신의 신체와 정신을 통합하고, 더 나아가 삶 전체에 긍정적인 변화를 가져다줄 수 있다.

신체와 정신의 균형이 지속 가능한 건강을 만든다

신체적 건강과 정신적 건강은 서로를 보완하며, 균형을 이룰 때 비로소 우리는 장기적으로 건강한 삶을 살아갈 수 있다. "삶에서 가장 중요한 것은 균형을 찾는 것이다."라는 아리스토텔레스의 말처럼, 우리는 신체와 정신의 균형을 유지해야만 진정한 건강과 행복을 누릴 수 있다.

성공의 길에 실패가 반드시 동반되듯, 신체적·정신적 건강의 유지 역시 마찬가지다. 신체적인 피로는 즉각적인 휴식을 통해 회복할 수 있지만, 정신적 피로는 그렇지 않다. 정신적인 어려움을 겪을 때, 우리는 혼자서 그 짐을 지려 하기보다는 전문가의 도움을 받는 것이 중요하다. 감기에 걸렸을 때 병원을 찾듯, 정신적 상처에도 적절한 치료와 관리가 필요하다. 실패로 인한 고통도 마찬가지다. 스스로 극복하려는 의지가 중요하지만, 외부의 도움을 받는 것도 현명한 선택이다.

나 역시 알코올 의존증을 극복하기 위해 신경정신과의 도움을 받았다. 실패의 무게가 무거울수록 우리는 쉽게 무너질 수 있다. 하지만 그 실패는 끝이 아니라, 새로운 시작을 위한 과정이었다. 정신적 건강관리는 내 삶을 되찾는 중요한 단계였고, 그 과정을 통해 나는 다시 일어설 수 있었다. 이것이 바로 신체와 정신의 균형을 유지하는 것이 얼마나 중요한지 깨닫게 된 계기다.

신체와 정신은 하나의 시스템처럼 작동한다. 둘 중 하나가 무너지면 다른 한쪽 역시 쉽게 흔들릴 수 있다. 칼 융이 말한 대로, "몸과 영혼은 결코 분리될 수 없는 전체"이기 때문이다. 그러므로 우리는 신체와 정신을 동시에 돌보고, 그 균형을 맞추는 데 집중해야 한다. 이 균형을 이룰 때 비로소 우리는 실패에서 회복할 수 있는 힘을 얻게 된다.

실패와 회복,
그리고 신체와 정신의 균형

이번 장에서는 실패와 성공을 넘어, 신체와 정신의 균형이 왜 중요한지 이야기했다. 누구나 실패를 경험한다. 그러나 실패를 단순한 끝이 아닌 새로운 시작으로 받아들이는 힘은 신체와 정신의 균형에서 비롯된다. 다시 한번 강조한다. 신체와 정신은 따로 움직이지 않는다. 뿌리가 튼튼해야 나무가 흔들리지 않듯, 신체가 건강할 때 정신도 안정되고, 정신이 강할 때 신체는 더 큰 에너지를 낼 수 있다. 이 둘은 서로를 지탱하며 우리를 더 단단하게 만들어준다.

삶은 마치 긴 여정을 걷는 것과 같다. 때로는 비바람에 넘어지고, 몸이 아프고, 마음이 지칠 때도 있다. 그런 순간에 자신을 돌보는 데 소홀하지 말아야 한다. 아프면 치료를 받고, 쉬어가며 균형을 회복해야 한다. 신체적 건강이 삶의 기반이라면, 정신적 안정은 삶의 방향을 바로잡아주는 나침반과 같다.

희망은 그렇게 균형 속에서 피어난다. 지금 겪고 있는 실패가 아무리 커 보일지라도, 그 안에는 반드시 배울 것이 있다. 균형을 유지하며 다시 걸음을 내딛는 순간, 실패는 더 이상 장애물이 아니라 발판이 된다.

"가장 어두운 밤이 지나면 새벽이 온다"는 말처럼, 실패 속에서도 균형을 지키며 나아갈 때 새로운 기회를 만날 수 있다. 신체와 정신의 균형은 그 새벽을 기다리는 동안 우리를 지탱해 주는 등불 같은 것이다. 결국 중요한 것은 작은 실천의 반복이다. 신체와 정신의 균형은 단번에 이룰 수 있는 것이 아니다. 매일 조금씩 움직이고, 스스로를 돌보는 과정 속에서 균형은 점차 단단해진다.

아프면 반드시 치료받아야 한다. 마음의 상처도 감기처럼 치료가 가능하다는 사실을 기억하라. 신체적 회복과 마찬가지로 정신적 회복도 그만큼 중요하다. 실패를 극복하려면 자신을 돌보는 것이 우선이다.

마지막으로 묻고 싶다. 지금 당신은 어떤 길 위에 서있는가? 그 길이 얼마나 험난해 보이든, 당신 안에는 그 길을 걸어갈 힘이 있다. 신체와 정신의 균형을 통해 더 나은 미래를 향해 도전하길 바란다.

제7장

실패를 극복한 사례들

"내가 가장 많이 실패한 날이 내가 가장 많이 배운 날이었다."

톰 홉킨스(Tom Hopkins)

나의 사례:
음식 장사의 실패를 넘어

이 책에서 이미 여러 번 언급했지만, 나는 직업군인의 안정된 삶을 포기하고 더 큰돈을 벌겠다는 일념으로 음식 장사에 뛰어들었다. 하지만 결과는 참담했다. 모든 전 재산을 날렸을 뿐만 아니라, 거액의 빚까지 지게 되었다. 삶은 절망 그 자체였고, 죽음을 결심한 적도 있었다. 하지만 지금 되돌아보면 그때 망하길 참 다행이었다는 생각이 든다. 왜냐하면, 그때 무너지지 않았다면 나는 더 큰 빚을 지고 더 큰 실패를 맛봤을 것이다.

나의 이러한 생각에는 3가지 이유가 있다.

1) 나는 나를 돌보는 방법을 몰랐다.

2) 그때 나는 허영심에 가득 차있었다.

3) 실패를 인정할 줄 몰랐다.

그 당시의 나는 내 자신을 너무 과신했다. 나는 모든 것을 잘할 수 있다는 착각 속에 빠져있었고, 실패는 나와 상관없는 일이라고 생각했다. 하지만 실패는 모든 것을 산산조각내며 나에게 찾아왔다. 내가 얼마나 부족한지를 보여주었고, 내가 진정 누구인지를 깨닫게 해주었다. 그때의 실패를 통해 나는 겸손과 성찰의 중요성을 배울 수 있었다.

망한 후에야 보이는 것들

망하고 나니 비로소 보이는 것들이 있었다. 실패를 경험하기 전에는 결코 깨닫지 못했던 삶의 진실들이 명확하게 다가왔다. 그것은 단순히 세상이 공정하지 않다는 것이 아니라, 세상은 정직하지 않으면 버틸 수 없다는 것, 요행을 바라서는 안 된다는 것, 그리고 단순히 열심히만 해서는 부족하다는 것이었다. 노력은 중요하다. 하지만 그 노력이 올바른 방향성을 가질 때만 진정한 가치를 발휘한다는 사실을 뒤늦게 깨달았다. 나는 그동안 허영과 요행으로 뿌려놓은 화살들이 결국 나를 향해 되돌아오는 것을 경험하며, 내가 무엇을 잘못했는지 마주할 수밖에 없었다.

그때 알았다. 노력은 도구일 뿐, 그것을 어디로 향하게 하느냐가 더 중요하다는 것을. 나의 실패는 단순히 끝이 아니었다. 그것은 나를 다시 점검하고, 올바른 방향으로 향할 기회를 준 거울과 같았다. 요행을 바라던 내가 만든 허상의 결과들이 나를 무너뜨렸지만, 동시에 더 나은 나로 다시 시작할 기회를 주었다. 단순한 후회가 아니다. 그것은 삶이 우리에게 던져주는 가장 솔직한 교훈이며, 앞으로 나아갈 길을 새롭게 비춰주는 등불이었다.

삶이 당신을 시험할 때

당신은 지금 어떤 어려움을 겪고 있는가? 그 어려움이 정말로 당신의 삶을 집어삼킬 만큼 큰일인가? 만약 당신의 친구가 지금 당신과 똑같은 상황에 처했다면 그에게 어떤 조언을 해줄 것인가? 아마 이렇게 말할 것이다. '조금만 더 버텨봐. 조금만 더 견뎌봐. 그럼 결국 좋은 날이 올 거야.'

그렇다면 이제 당신 자신에게도 그 조언을 해주길 바란다. 나 역시 내 실패를 글로 써 내려갔고, 그 글을 다시 읽어보며 무엇을 잘못했는지 하나 하나 짚어보았다. 그리고 그 반대로 행동하기 시작했다. 처음에는 그저 두렵고 막막했다. 솔직히 말하면, 그 결과가 정말 이곳까지 나를 데려올 것이라는 확신도 없었다. 하지만 그저 일단 해보기로 했다.

지금도 나는 실패를 한다. 하지만 이제는 실패를 두려워하지 않는다. 그 이유는 내가 하나의 진리를 깨달았기 때문이다. 다시 하면 된다. 그리고 이 진리 하나만이 지금까지 나를 지탱해 주고, 앞으로도 나를 이끌어줄 것이다.

실패가 준 교훈과 다시 일어서는 힘

니체의 유명한 말, "나를 죽이지 않는 고통은 나를 더 강하게 만들 뿐이다."라는 문장은 나에게 큰 힘이 되었다. 그리고 나는 이 문장을 다시 한번 당신에게 들려주고 싶다.

"나를 죽이지 않는 고통은 나를 더 강하게 만들 뿐이다."

또 하나의 문장도 전해주고 싶다.

"나의 한계를 왜 남들이 정하나?"

이 두 문장이 나를 여기까지 오게 만들었고, 이 문장이 당신에게도 힘이 되기를 바란다. 고통은 당신을 더 강하게 만들어주고, 당신의 한계는 오직 당신만이 정할 수 있다. 중요한 것은 그 고통을 어떻게 받아들이느냐는 것이다. 고통 앞에서 주저앉을 것인지, 아니면 그것을 디딤돌로 삼을 것인지는 오직 당신의 선택에 달려있다.

행동이 모든 것을 바꾼다

우리에게 가장 중요한 것은 다시 일어설 수 있는 용기다. 그리고 그 용기는 행동에서 나온다. 행동한다는 것을 어렵게 생각할 필요는 없다. 그저 지금 떠오르는 생각 하나를 실행에 옮기는 것, 그것이 바로 행동이다. 만약 주식 공부를 해야겠다고 마음먹었다면, 지금 당장 시작하면 된다.

생각은 머릿속에만 머물러서는 아무 의미가 없다. 행동으로 옮길 때 비로소 그 생각이 현실이 된다. 그리고 실천하는 과정에서 우리는 자극을 받게 되고, 그 자극은 다시 우리에게 동기를 부여한다. 이것이 바로 성공에 이르는 기본적인 프로세스다.

행동 → 자극 → 동기

이 과정을 기억해라. 많은 사람들은 반대로 한다. 동기가 생기길 기다리지만, 동기는 행동에서부터 나온다는 것을 잊는다. 그래서 실패했을 때 다시 일어서는 데 시간이 오래 걸리는 것이다.

실패를 통해 배우는 방법

내 친구 이야기를 해보겠다. 그는 항상 무척 신중한 편이었다. 작은 선택조차 쉽게 내리지 못하고, 늘 망설였다. 예를 들어, 카페에 가면 메뉴가 너무 많아서 한참을 고민했다. 메뉴판을 보며 “이걸 마실까, 저걸 마실까?”라며 머뭇거리고, 선택을 내리지 못해 종종 줄이 길어지기도 했다. “카페라테? 아니, 아메리카노? 아니면 그냥 스무디로 할까?” 결국 가장 기본적인 메뉴를 고르고도 “다른 걸 시켰어야 했나?”라며 후회하곤 했다.

어느 날 내가 그에게 물었다.
“왜 그렇게 결정을 못 내려?”
그는 잠시 생각하다가 답했다.
“실패의 확률을 줄이고 싶어서.”
나는 웃으며 이렇게 말했다.
“실패의 확률을 줄이고 싶다면 오히려 실패의 경험을 많이 쌓아봐.”

친구는 당황한 표정으로 나를 바라봤다. 그래서 나는 조금 더 설명해 주었다.
“카페에서 여러 음료를 마셔보지 않고는 어떤 맛을 좋아하는지 알 수 없잖아. 작은 실패들을 겪어봐야만 네가 진정으로 원하는 것을 찾을 수 있어. 결국, 실패는 우리에게 어떤 길을 선택해야 할지를 알려주는 최고의 스승이거든.”

그 말은 단순히 나만의 경험에서 나온 것이 아니었다. 그것은 수많은 실패와 경험 속에서 얻어진 진리였다. “실패의 확률을 줄이고 싶다면 오히려 실패의 경험을 많이 쌓아라.” 내가 친구에게 해준 이 말은 단순한 위로가 아니라, 삶에서 얻은 중요한 깨달음이었다. 실패는 우리에게 두려움을 주는 것이 아니라, 두려움을 뛰어넘는 법을 가르쳐준다. 그것은 결국 우리에게 용기와 지혜를 안겨주는 가장 좋은 스승이다.

친구는 내 조언을 받아들이고, 며칠 후 다시 만난 친구는 말했다.

"이제는 예전보다 더 빠르게 선택할 수 있게 됐어. 실패해도 괜찮다는 걸 알게 되니까 자신감이 생기더라."

그는 실패를 두려워하지 않고 경험을 쌓아가면서 자신이 진짜 좋아하는 취향도 찾아가고 있었다. 이전에는 불가능하게만 느껴졌던 선택이 이제는 자연스럽게 이루어지고, 도전의 문턱도 한층 낮아진 듯했다.

나는 그런 그를 보며 다시 한번 확신했다. 실패는 끝이 아니라 시작이라는 것을. 그리고 그 작은 시작들이 결국 더 큰 성취로 우리를 이끈다는 것을.

그 이야기를 당신에게도 전하고 싶다. 실패를 두려워하지 말고, 그 경험을 받아들여라. 당신의 실패는 단지 더 나은 선택을 하기 위한 연습일 뿐이다. 작은 실패들이 쌓여 당신의 삶을 더 강하고 단단하게 만들어줄 것이다.

지금 선택하는 한 잔의 음료처럼, 인생의 선택 앞에서도 주저하지 말라. 실패를 통해 당신은 결국 자신만의 길을 찾아갈 수 있을 것이다. 그리고 그 과정에서 당신은 조금씩 성장하고, 더 큰 성공을 향해 나아갈 힘을 얻게 될 것이다.

작은 실패를 통해 큰 성공으로

카페에서 다양한 음료를 마시며 '내 입맛에 맞지 않는구나.' 하는 작은 실패를 경험해야만 나만의 취향을 찾아갈 수 있듯, 삶에서도 다양한 경험과 실패를 통해 자신만의 길을 찾아갈 수 있다. 이러한 작은 실패들이 쌓일수록 우리의 선택은 점점 더 빠르고 정확해진다. 실패의 경험은 단순히 잘못된 선택을 바로잡는 과정이 아니라, 나만의 방식과 방향을 찾는 여정이다.

내가 걸어온 길 역시 수많은 작은 실패들로 이루어져 있었다. 장사에 실패하고, 여러 번 좌절하며 수없이 많은 선택의 기로에 서있었다. 그때마다 시행착오를 겪고 실수를 반복했다. 그러나 바로 그 실패들이 지금의 나를 만들어주었다. 실패를 통해 배운 것들은 결코 사라지지 않고, 내 안에 남아 진정한 자산이 되었다.

그리고 나는 깨달았다. 실패는 결국 성공으로 가는 가장 빠른 길이라는 것을. 오히려 실패 없이 바로 성공한 사람은 그 성공을 지탱할 내공이 부족하기에 작은 좌절에도 쉽게 무너질 수 있다. 반대로 작은 실패들을 하나씩 경험하며 성장한 사람은 어떤 어려움이 닥쳐도 다시 일어설 수 있는 힘을 갖게 된다.

"실패를 두려워하지 말라."

그 실패는 당신을 더 나은 사람으로 만들어줄 것이고, 결국에는 당신의 성공을 이루는 가장 중요한 디딤돌이 될 것이다. 작은 실패들이 쌓여 큰 성공의 발판을 만들어주는 것은 당연한 이치다.

실패는 당신에게 '이 길은 아니다.'라고 알려주는 친절한 지침이며, 동시에 '새로운 길을 찾아봐.'라고 말해 주는 조언자다. 이 경험을 통해 우리는 더 나은 선택을 하게 되고, 더 강인한 자신으로 성장해 나갈 수 있다.

결국, 작은 실패들을 쌓아가면서 우리는 삶의 큰 그림을 완성해 나가는 것이다. 오늘의 실패는 내일의 성공을 위한 연습일 뿐이다. 그러니 실패를 두려워하지 말고, 오히려 그 실패를 통해 성장하고 발전하길 바란다. 언젠가 당신이 걸어온 길을 되돌아보았을 때, 그 수많은 작은 실패들이 당신을 얼마나 더 강하고 단단하게 만들어주었는지 깨닫게 될 것이다.

성공은 결코 한 번의 큰 도약으로 이루어지는 것이 아니다. 그것은 수많은 작은 실패와 성공이 차곡차곡 쌓여 만들어지는 결과다. 그러니 용기를 가지고 실패를 맞이하라. 그것이 당신의 진정한 성공을 위한 가장 확실한 길이다.

언어의 힘은 성공의 발판이다

『이 진리가 당신에게 닿기를』이라는 책은 오프라 윈프리가 아프리카 학생들에게 선물할 정도로 중요한 책이었다. 내가 이 책을 읽으면서 가장 크게 느낀 것은 바로 언어의 힘이었다. 책의 내용을 완전히 이해하지 못했을 때조차도, 그 책에 담긴 언어가 나에게 어떤 변화를 가져다줄 것이라는 느낌을 받았다. 그리고 그 책의 가르침을 내 삶에 조금씩 적용해 보니, 그 영향력이 점점 커져갔다.

사실, 나 역시 책을 읽기 전에는 언어의 힘을 제대로 알지 못했다. 삶에서 중요한 순간마다 나의 이야기를 설득력 있게 전하지 못했고, 내 생각과 가치를 명확히 표현하지 못해 많은 기회를 놓쳤다. 장사에 실패했을 때도, 나의 상황을 제대로 설명하거나 공감을 얻지 못했다.

그러나 어느 날, 책을 통해 '언어가 곧 힘이다.'라는 진리를 깨달았다. 그 이후로 나는 사람들과 소통하는 방식을 바꾸기 시작했다. 처음에는 작은 변화였다. 하지만 그 변화가 쌓여 갈수록 주변 사람들은 내 말에 신뢰를 보이기 시작했고, 내 삶 역시 조금씩 나아지기 시작했다.

이지영 강사는 대치동 스타 강사로 잘 알려져 있다. 그녀는 책을 읽을 때 삶에 적용할 딱 한 문장을 찾으려고 애쓴다고 했다. 나 역시 "언어는 사람을 움직이는 힘이다."라는 문장을 발견하고, 이를 내 삶에 적용했다.

그 이후로 나는 항상 내 말과 글을 다듬고, 언어의 힘을 키우기 위해 노력했다. 그 결과, 이 변화가 내 삶에 얼마나 큰 영향을 미쳤는지 깨닫게 되었다. 고객을 설득하고, 나의 가치를 전달하는 과정에서 언어의 힘이 얼마나 중요한지 절실히 알게 된 것이다.

"언어가 늘면 사람을 설득할 수 있고, 설득할 수 있으면 돈을 벌 수 있다"는 말이 내 삶 속에서 현실로 다가온 순간이었다. 이 단순한 문장이 내 삶을 바꾼 강력한 계기가 되었다.

언어의 힘을 제대로 이해한 또 다른 예를 들자면, 마틴 루서 킹 주니어를 떠올릴 수 있다. 그는 "나에게는 꿈이 있습니다(I Have a Dream)." 라는 연설로 미국의 인종차별 문제에 큰 변화를 일으켰다. 그의 연설은 단순한 말이 아니었다. 그가 전달한 언어는 수백만 명의 사람들에게 용기와 희망을 심어주었고, 그 결과로 거대한 변화의 물결을 일으켰다. 그의 연설이 오늘날까지 회자되는 이유는 바로 언어의 힘이 사람들의 마음을 움직였기 때문이다.

또한 스티브 잡스 역시 그의 프레젠테이션을 통해 애플의 제품과 비전을 전 세계에 알렸다. 그가 신제품을 발표할 때마다 수많은 사람이 그의 언어에 매료되었고, 이는 애플의 브랜드 가치와 성공에 큰 역할을 했다. 스티브 잡스는 단순히 제품을 소개하는 것이 아니라, 언어를 통해 세상을 바꾸고, 그 제품이 어떻게 삶을 변화시킬 수 있는지 설득력 있게 전달했다.

이런 사례들을 보면 언어가 단순히 대화의 수단이 아니라는 것을 알 수 있다. 언어는 사람을 움직이고, 세상을 변화시키는 가장 강력한 도구다. 그 힘을 이해하고 활용할 수 있다면 우리는 어떤 어려움이 닥쳐도 그것을 극복할 수 있는 힘을 얻게 된다.

내 삶에서 언어의 변화를 가장 크게 느낀 순간은 나와 가장 가까운 가족들과의 대화에서였다. 예전에는 내 생각을 제대로 표현하지 못해 작은 오해가 쌓이고, 그것이 때로는 다툼으로 이어지기도 했다. 하지만 언어의 중요성을 깨닫고 나서, 내 감정을 좀 더 솔직하고 차분하게 전달하는 법을 배우기 시작했다.

"내가 이렇게 느꼈어."라며 내 마음을 설명하거나, 상대방의 이야기에 먼저 귀 기울이는 작은 변화가 대화를 훨씬 부드럽게 만들었다. 덕분에 가족들과의 관계가 더 가까워졌고, 서로의 생각을 이해하고 존중하는 기회가 늘어났다. 언어는 이렇게 사람과 사람 사이의 연결고리를 단단하게 만들어주는 도구라는 것을 깨달았다.

결론적으로 언어는 성공의 발판이다. 언어를 잘 다룬다는 것은 자신을 표현하고, 타인을 설득하며, 더 나아가 세상을 변화시킬 수 있는 힘을 얻는 것과 같다. 책을 통해 얻은 한 문장, 한 단어가 나의 삶을 바꾸고, 나를 더 나은 방향으로 이끌었다.

그래서 나는 당신에게 말하고 싶다. 언어를 배우고, 언어를 다듬어라. 그것이 곧 당신의 성공을 이끄는 가장 강력한 무기가 될 것이다. 『이 진리가 당신에게 닿기를』의 첫 번째 지혜처럼, 흠결 없는 언어로 말하는 법을 익혀라. 그 언어는 곧 당신의 삶을 변화시키고, 당신이 꿈꾸는 성공을 실현시켜 줄 것이다.

사람 = 돈 = 언어

위의 의사소통 공식이야말로 부자들이 말하는 돈 버는 공식이다. 당신의 언어를 다듬고, 의사소통 능력을 키우면 더 많은 사람을 설득할 수 있고, 더 큰 성공을 이룰 수 있을 것이다.

언어의 힘이 당신에게 닿기를, 그리고 그 힘을 통해 당신이 진정 원하는 삶을 만들어 나가길 바란다.

무조건 YES AND로 말하라

여기에 더해서 'YES, AND'로 말하는 습관을 반드시 장착해야 한다. 방법은 정말 간단하다. 상대방이 말을 마치면, 설령 그 말이 틀렸다고 느껴지더라도, 무조건 '그래, 맞아.'라고 긍정을 먼저 하고, 그다음에 당신의 생각을 덧붙이는 식이다.

예를 들어, 누군가가 '해가 서쪽에서 뜬다.'라는 말도 안 되는 주장을 했다고 가정해 보자. 그럴 때도 '맞아, 그런데 해는 사실 동쪽에서 떠.'라고 긍정을 먼저 하는 것이다. 이 방법은 정말 강력해서, 이 습관만 익혀도 인간관계에서의 스트레스가 크게 줄어든다.

조용민 작가의 책 『언바운드(Unbound)』에서도 이 YES, AND 대화법을 강조하고 있다. 조용민은 이 대화 방식을 통해 상대방의 의견을 부정하지 않고 존중함으로써, 더 깊은 신뢰와 공감을 쌓을 수 있다고 말한다. 이는 인간의 심리적 방어기제와도 연관이 있다.

상대방의 의견을 부정하는 순간, 그들은 무의식적으로 방어 태세에 돌입하고, 당신의 이야기를 더 이상 듣지 않게 된다. 하지만 긍정적인 언어로 시작하면 상대방은 자신의 의견이 존중받고 있다는 느낌을 받게 되고, 그만큼 마음을 열게 된다.

이러한 효과는 실제로 심리학 연구에서도 확인된 바 있다. 미국의 사회심리학자 셰리 터클(Sherry Turkle)은 연구를 통해 상대방의 이야기에 공감하고 긍정하는 태도가 더 깊은 인간관계를 형성하는 데 핵심적이라고 밝혔다. 그녀는 긍정적인 대화 방식이 상대방의 방어기제를 낮추고, 오히려 더 솔직한 이야기를 이끌어낸다는 것을 발견했다. 이는 우리의 일상적인 인간관계뿐만 아니라, 비즈니스 상황에서도 적용된다.

나는 이 대화법을 삶에 적용하면서 놀라운 변화를 느꼈다. 예전에는 상대방의 잘못된 부분을 바로잡으려는 마음에 대화를 시작하자마자 '아니, 그게 아니고….'라는 말을 습관처럼 내뱉곤 했다. 그때는 내가 정확한 지식을 전달했다고 생각했지만, 상대방은 나를 잘난 척하는 사람으로 받아들였을지도 모른다. 실제로 친한 지인에게 이런 부분에 대해 지적받은 적도 많았다.

그러나 'YES, AND'로 대화를 시작하면서부터는 상대방의 의견에 더 귀 기울일 수 있게 되었고, 그들도 나에게 마음을 여는 것을 느낄 수 있었다. 예전에는 나와 다르다고 생각했던 사람들도 긍정의 언어로 먼저 다가가니, 오히려 나에게 먼저 의견을 물어보고, 조언을 구하기 시작했다. 이것이 바로 관계의 깊이가 생기는 지점이었다.

조용민 작가는 『언바운드』에서 이러한 YES, AND 대화법이 단순한 말하기 기술을 넘어 인간관계의 기반을 만들어주는 가장 강력한 도구라고 강조한다. 그리고 그 말이 실제로 내 삶에서 어떻게 효과를 발휘하는지를 체험하면서 그 중요성을 더 깊이 이해하게 되었다.

이 대화 습관은 비단 인간관계에만 국한되지 않는다. 비즈니스 협상에서도 이 YES, AND 전략은 상대방의 신뢰를 얻고, 더 나은 결과를 이끌어낼 수 있는 강력한 무기가 된다. 예를 들어, 고객과의 대화에서 그들의 의견을 긍정적으로 수용하고, 그 위에 나의 아이디어를 더했을 때, 그들은 나의 제안을 더 기꺼이 받아들였다. 이는 단순히 말재주가 좋아서가 아니라, 그들이 나를 '자신의 편'으로 느꼈기 때문이었다.

마지막으로, 나 역시 이 대화법을 통해 실패를 받아들이는 법을 배웠다. 예전에는 내 실패를 부정하고 회피하려 했다. 그러나 'YES, AND'의 대화법을 적용하면서, 나 스스로에게도 '그래, 나는 실패했어. 하지만 그 실패로부터 무엇을 배울 수 있을까?'라고 긍정하고, 다음 단계로 나아갈 수 있는 용기를 얻었다.

살아온 날의 회한과 후회에 매달릴 필요 없다. 중요한 것은 지금부터라도 YES, AND의 대화 습관을 익히며 살아갈 날에 집중하는 것이다. 긍정의 언어가 주는 힘은 그 어떤 성공 전략보다 강력하다. 이것은 과학적으로도 증명되었고, 실제 경험을 통해서도 확인된 진리다. 당신도 이 습관을 익힌다면 인간관계에서의 신뢰와 성공을 자연스럽게 얻을 수 있을 것이다.

"YES, AND로 말하라. 그리고 당신의 삶을 변화시켜라."

이것이 내가 실패를 통해 배운 가장 강력한 교훈 중 하나다. 오늘부터 이 대화 습관을 적용해 보길 바란다. 긍정의 힘이 당신을 어디로 데려다줄지, 당신도 곧 깨닫게 될 것이다.

무엇이든 배움의 끈을 놓지 말아라

마지막으로 당신에게 꼭 당부하고 싶은 말이 있다. 무엇이든 배움의 끈을 놓치지 말아야 한다. 나는 주식을 배우기 위해 수백만 원짜리 강의를 결제했고, 마케팅을 배우겠다고 또 몇백만 원을 지출한 적이 있다. 놀라운 사실은 이 모든 것을 내가 빚을 지고 있던 때에 했다는 것이다.

'돈도 없는데 어떻게 돈을 쓸 수 있었냐?'라고 의아해할지도 모르겠다. 간단하다. 할부로 결제했다. 그리고 그 지출을 정당화하기 위해, 그 배움을 내 것으로 만들기 위해 죽을힘을 다해 노력했다. 사실, 우리가 실패하는 이유를 냉정하게 분석해 보면 결국 알지 못하기 때문이었다. 나는 음식 장사의 속성을 모르고 뛰어들어 실패했고, 그 외에도 무수한 것들을 모르기 때문에 실패했다. 그때 깨달았다. 모른다는 사실을 인정하고 배우지 않으면 실패는 반복될 수밖에 없다는 것을.

그러나 여기서 중요한 것은, 배움에 있어서 절대 핑계를 대지 말아야 한다는 점이다. 돈이 없다고, 시간이 없다고? 정말 그렇다면 과연 그 시간을 어떻게 사용하고 있는지, 그 돈을 어떻게 쓰고 있는지 먼저 생각해 보라. 물론 책에서도 배울 수 있지만, 책만으로는 얻을 수 없는 지식도 많다. 세상에는 사람과의 만남을 통해 배워야 하는 것들이 있다. 그러니 모든 배움의 기회를 놓치지 말아야 한다. 결국, 당신의 실천에 따라 배움의 깊이와 강도가 결정된다.

사람들은 빚을 지는 것을 두려워한다. 할부로 결제하는 것조차 부담스럽게 느낀다. 하지만 나는 이렇게 생각했다. '어차피 바닥이라면, 그 바닥에서 더 배워보자.' 이미 바닥에 있을 때는 더 이상 잃을 것이 없었다. 오히려 그런 상황이 나에게는 큰 기회가 되었다. 배움을 위한 투자, 그 빚은 언젠가 나에게 큰 자산이 될 것이라고 믿었다.

실제로, 나는 그때의 배움을 통해 지금 이 자리에 설 수 있었다. 빚을 지고 결제한 수백만 원짜리 강의에서 배운 것들은 나에게 엄청난 힘이 되었고, 그 배움 덕분에 삶을 다시 일으켜 세울 수 있었다. 실패는 내가 몰랐던 부분을 알려준 가장 혹독한 스승이었고, 그 스승에게서 배운 지식과 경험은 결국 나를 성장시키는 밑거름이 되었다.

그러니 당신에게 묻고 싶다. 배움을 포기할 만큼의 이유가 있는가? 오히려 배움의 끈을 놓지 않고 계속해서 도전한다면 어느 순간 당신은 자신이 상상하지 못했던 성장의 문턱에 서 있게 될 것이다.

"모르기 때문에 망했다." 이 말은 우리 모두에게 적용된다. 하지만 그 망함을 통해 다시 배우고, 성장할 수 있는 기회는 오직 자신에게 달려있다. 그러니 절대로 배움의 끈을 놓지 말라. 그것이 빚을 지면서까지 할 만큼 가치 있는 일이라면 그만큼의 결과를 얻기 위해 최선을 다하라.

배움은 나를 더 나은 사람으로 만들어주는 유일한 길이다. 때로는 그 길이 고통스럽고, 비용이 많이 들고, 시간이 오래 걸릴 수도 있다. 하지만 그 배움을 통해 당신은 분명히 더 나은 길을 발견하게 될 것이다. 나 역시 그랬다. 실패 속에서 배움을 찾고, 그 배움을 실천했기에 지금 이 자리에 설 수 있었다.

배움의 끈을 놓지 않는 것이 결국 당신을 성공으로 이끌 것이다. 그러니 오늘도, 내일도, 그 끈을 놓지 마라. 언젠가 그 배움이 당신의 가장 큰 자산이 되어줄 것이다. 당신의 삶에 가장 중요한 투자는 바로 지금, 배우고 실천하는 것이다.

실패를 극복한 유명 인사들의 이야기

유명 인사들의 이야기를 다루기 전에 한 가지 짚고 넘어가고 싶은 게 있다. 유명인과 우리의 삶은 너무나 동떨어져 있다고 생각할지도 모른다. 세상에서 가장 쓸데없는 걱정이 바로 연예인 걱정이라는 말이 있다. 나도 동의한다. 그럼에도 불구하고 이 장에서 유명 인사들의 실패와 성공 사례를 이야기하려는 이유가 있다.

그들도 결국 우리와 같은 사람이라는 점이다. 성공하면 뭔가 특별해 보이고, 한때는 낯설었던 이름조차 익숙하고 특별하게 느껴진다. 하지만 그 특별함은 그들이 성공을 통해 만들어낸 환상일 뿐이다. 그들도 한 사람으로서 고민하고 넘어지고, 다시 일어섰던 경험을 가지고 있다.

더 흥미로운 점은, 이들이 알게 모르게 트리플 법칙을 실천하며 삶의 변화를 이끌어냈다는 것이다. 읽기, 쓰기, 달리기의 세 가지 원칙이 단순히 평범한 습관처럼 보일지 모르지만, 이 원칙들은 많은 사람에게 삶의 전환점을 제공해 왔다. 우리가 잘 알고 있는 이들도 결국은 트리플 법칙의 힘을 통해 자신의 길을 찾아냈다.

이 장에서 소개할 이야기는 그들의 유명세가 아닌, 인간으로서 겪었던 실패와 극복의 과정을 들여다보려는 것이다. 그들의 이야기를 유명인의 성공담이 아니라, 한 사람의 삶으로 바라본다면 당신의 삶에도 적용할 수 있는 교훈과 영감을 찾을 수 있을 것이다. 이제 그들의 실패와 성공, 그리고 그 안에서 발견한 트리플 법칙의 지혜를 함께 엿보자. 당신의 삶을 밝게 비출 새로운 깨달음을 얻기를 바란다.

혁신의 아이콘, 스티브 잡스(Steve Jobs)

실패한 일

스티브 잡스는 애플(Apple)의 창업자로서 성공을 이뤘지만, 1985년 자신의 회사에서 쫓겨나는 충격적인 실패를 겪었다. 당시 애플의 경영권을 놓고 존 스컬리와 갈등을 겪었고, 결국 이사회에 의해 해고당하게 되었다. 이 일은 잡스에게 엄청난 상처를 남겼고, 세상은 그가 끝났다고 생각했다.

실패를 어떻게 극복했는가?

그러나 스티브 잡스는 이 실패에 좌절하지 않고, 이를 새로운 도전의 기회로 삼았다. 애플에서 쫓겨난 후, 그는 '넥스트(NeXT)'라는 컴퓨터 회사를 설립했고, 동시에 애니메이션 스튜디오 '픽사(Pixar)'를 인수했다. 이 두 회사를 통해 그는 새로운 배움과 경험을 쌓아나갔다. 특히 픽사는 이후 「토이 스토리」를 제작하며 애니메이션 업계에 혁신을 일으켰고, 잡스 역시 이를 통해 새로운 성장의 발판을 마련했다.

실패를 극복한 도구

잡스가 실패를 극복하는 데 사용한 도구 중 하나는 **'읽기(Reading)'**였다. 애플에서 해고된 이후 그는 동양 철학과 명상에 관한 책을 탐독하기 시작했고, 특히 불교 철학을 깊이 있게 배웠다. 이 책들은 그에게 마음을 다스리는 법과 실패를 받아들이는 자세를 가르쳐주었다. 이러한 배움을 통해 잡스는 자신을 다시 일으켜 세우고, 인생을 재정립할 수 있었다.

이뿐만 아니라, 잡스는 기술과 디자인에 관한 전문 서적과 최신 트렌드를 끊임없이 파악하며 지식을 쌓았다. 이러한 읽기는 그가 실패 속에서도 미래의 기회를 준비하고 새로운 아이디어를 발견하는 데 큰 도움을 주었다. 이는 그가 애플로 복귀했을 때 혁신적인 제품을 만들어내는 데 결정적인 역할을 하게 되었다.

그 이후의 변화

1997년, 스티브 잡스는 다시 애플로 복귀했다. 그리고 그동안의 배움과 경험을 바탕으로 아이폰, 아이패드, 맥북 등 세상을 바꾸는 혁신적인 제품을 선보이며 애플을 세계 최고 기업으로 성장시켰다. 그의 재기는 그저 기업의 성공을 넘어, 전 세계인의 삶의 방식을 바꾼 하나의 문화적 현상이 되었다.

결론적으로 스티브 잡스의 실패 극복 과정에서 그에게 가장 큰 힘이 되어준 도구는 바로 **'읽기'**였다. 그는 책을 통해 새로운 관점과 지식을 얻고, 이를 바탕으로 자신의 길을 재정립할 수 있었다. 실패의 순간에도 배움을 멈추지 않은 그의 이야기는 우리에게 진정한 성공의 의미를 일깨워준다.

마법 세계의 창조자, J.K. 롤링(J.K. Rowling)

실패한 일

J.K. 롤링은 오늘날 『해리 포터』 시리즈로 전 세계적인 성공을 이룬 작가로 알려져 있지만, 그녀 역시 한때 극심한 실패와 좌절을 경험했다. 이혼 후 혼자 아이를 키우며 가난에 시달렸고, 실직한 상태에서 정부 보조금에 의지하며 살아가야 했다. 또한, 『해리 포터』 원고를 완성했을 때는 무려 12개의 출판사에서 연이어 거절을 당했다.

실패를 어떻게 극복했는가?

그러나 롤링은 실패에 굴하지 않고 끊임없이 글을 쓰는 일에 몰두했다. 그녀는 지하철, 카페, 추운 집 안 어디서든 펜을 놓지 않았고, 해리 포터의 이야기를 계속해서 써 내려갔다. 거절당할 때마다 좌절할 수 있었지만, 그녀는 오히려 그럴수록 더 집요하게 자신의 작품을 완성해 나갔다.

실패를 극복한 도구

J.K. 롤링이 실패를 극복하는 데 사용한 도구는 바로 '글쓰기(Writing)'였다. 그녀는 자신의 상상력을 통해 만들어낸 마법 세계를 글로 표현하면서 현실의 고통과 어려움을 이겨냈다. 쓰는 행위 자체가 그녀에게는 희망을 찾는 과정이었고, 그 과정을 통해 자신의 내면을 치유하고 미래를 다시 그릴 수 있었다.

그 이후의 변화

롤링의 끈기는 마침내 결실을 맺었다. 그녀의 원고를 받아들인 블룸즈

버리 출판사는 『해리 포터』 시리즈를 출판했고, 이 작품은 순식간에 전 세계적으로 베스트셀러가 되었다. 롤링은 역사상 가장 부유한 작가 중 한 명이 되었고, 그녀의 이야기는 전 세계 독자들에게 영감을 주었다.

결론적으로 J.K. 롤링은 글쓰기를 통해 실패를 극복했고, 그 경험을 바탕으로 자신의 상상력을 세상에 선보일 수 있었다. 그녀의 이야기는 배움과 열정이 결코 헛되지 않는다는 사실을 증명한다.

농구의 신, 마이클 조던(Michael Jordan)

실패한 일

마이클 조던은 오늘날 농구 역사상 가장 위대한 선수로 꼽히지만, 그의 여정은 수많은 실패와 좌절의 연속이었다. 고등학교 시절, 농구팀에 도전했을 때 선발되지 못하는 충격적인 경험을 했고, 당시 그의 키는 작았고 체력도 다른 선수들에 비해 부족했다. 이때의 실패는 조던에게 '너는 뛰어난 선수가 아니다.'라는 메시지처럼 느껴졌고, 자신감마저 잃게 만들었다. 하지만 이때의 실패는 그에게 오히려 더 강한 의지를 불어넣었다.

NBA에 진출한 후에도 그는 완벽하지 않았다. 수많은 경기에서 실수를 저질렀고, 결정적인 순간에 점수를 놓치는 일도 여러 차례 있었다. 많은 사람이 그에게서 영웅적인 모습을 기대했지만, 현실은 실망스러운 순간도 많았다.

실패를 어떻게 극복했는가?

그러나 마이클 조던은 이 실패에 굴하지 않고, 오히려 자신을 더 강하게 만드는 기회로 삼았다. 그는 매일 새벽 일찍 일어나 몇 시간씩 훈련을 반복했다. 특히 자신이 약하다고 생각했던 부분, 예를 들어 슈팅 정확도나 드리블 능력을 개선하기 위해 엄청난 노력을 기울였다. 고등학교 농구팀에서 떨어진 이후에도 매일 자신의 한계를 시험하며 몸을 단련했고, 나날이 자신의 기술을 완성해 나갔다.

조던은 스스로에게 끊임없는 질문을 던지며 실패를 분석했다.

'왜 이 경기를 놓쳤는가?'
'어떻게 하면 더 나은 플레이를 할 수 있을까?'

그는 단순히 자신을 책망하는 데 그치지 않고, 실패의 원인을 철저히 파악하고 이를 개선하기 위해 끊임없이 연습했다. 경기가 끝나고 나면 비디오를 반복해서 시청하며 자신의 실수를 분석했고, 같은 실수를 반복하지 않기 위해 노력했다.

실패를 극복한 도구

마이클 조던이 실패를 극복하는 데 사용한 가장 강력한 도구 중 하나는 끊임없는 연습과 반복적인 노력이었다. 그는 하루에 1,000번의 슛을 던지고, 500번의 자유투를 연습하며 자신을 혹독하게 단련했다. 특히 자신이 중요한 순간에 놓친 슛이나 실수했던 동작들을 반복적으로 연습하며 완벽에 가까운 플레이를 만들어 나갔다.

하지만 그의 성공 비결은 단순히 육체적인 훈련에만 그치지 않았다. 그는 스스로에게 끊임없이 질문을 던지며 자신의 약점과 실패의 원인을

분석했다. '왜 나는 그 순간 실수를 했는가?', '무엇이 나를 방해했는가?'와 같은 질문을 통해 그는 자신의 한계를 직시하고, 개선점을 찾아냈다. 이러한 질문은 그에게 단순한 실패를 넘어, 성장과 발전의 발판을 마련해 주었다.

이러한 노력과 반복적인 연습은 그에게 **'압박 속에서도 냉정함을 유지하는 능력'**을 길러주었다. 조던은 결정적인 순간에 과감하게 슛을 던질 수 있었고, 그의 이러한 자신감과 기술은 경기에서 수많은 승리를 이끌어냈다. 그는 실패를 극복하기 위한 가장 확실한 방법은 끊임없는 연습과 자신에 대한 믿음이라는 것을 몸소 보여주었다.

조던은 이렇게 말했다. "나는 내 인생에서 9,000번 이상의 슛을 놓쳤고, 300경기에서 졌다. 26번은 결정적인 순간에 슛을 던졌지만 실패했다. 나는 계속 실패했고, 그것이 내가 성공한 이유다". 그는 자신이 실패한 순간들을 단순히 좌절의 경험으로 남기지 않고, 성장과 성공을 위한 디딤돌로 삼았다.

그 이후의 변화

마이클 조던은 끊임없는 연습과 노력을 통해 자신의 능력을 극대화했고, 결국 NBA에서 총 6번의 챔피언십 우승을 차지하며 전설적인 선수로 거듭났다. 그의 뛰어난 성적과 업적은 농구 역사에 새로운 기준을 세웠고, 그는 '농구의 신'이라는 칭호를 얻으며 팬들에게 영원한 영웅으로 기억되고 있다.

그는 농구 코트에서만 성공한 것이 아니었다. 자신의 브랜드인 '에어 조던'을 통해 패션과 스포츠 산업에서 막대한 수익을 올렸고, 은퇴 후에도 NBA 팀의 구단주로 활동하며 계속해서 농구계에 영향력을 행사하고 있다.

결론적으로 마이클 조던의 이야기에서 우리는 끊임없는 연습과 자기 계발이 어떻게 실패를 극복하고 성공을 이끌어내는지를 배울 수 있다. 그는 실패를 두려워하지 않고 오히려 그것을 자신의 가장 강력한 무기로 바꿨다. 그의 열정과 노력이 있었기에 농구 역사상 최고의 선수로 남을 수 있었다. 조던은 우리에게 '실패란 포기하지 않는 한 영원한 것이 아니다.'라는 교훈을 전해준다.

토크쇼의 여왕, 오프라 윈프리(Oprah Winfrey)

실패한 일

오프라 윈프리는 오늘날 세계에서 가장 영향력 있는 미디어 인물이자 토크쇼 진행자로 알려져 있지만, 그녀의 인생은 고난과 실패의 연속이었다. 어린 시절, 가난한 환경에서 자랐고 성적 학대와 차별을 겪으며 자존감을 잃기도 했다. 사춘기 시절, 임신까지 경험했으나 그 아이를 잃는 등 고통스러운 시간을 보냈다.

이러한 어려움에도 불구하고 윈프리는 자신의 꿈을 좇아 방송계에 발을 들였지만, 그마저도 순탄하지 않았다. 첫 번째 방송 리포터 자리에서는 감정을 잘 다스리지 못해 해고당했고, 토크쇼 진행자로 처음 나섰을 때는 사람들의 냉대를 받기도 했다. 모두가 그녀를 실패자로 낙인찍었고, 그녀 역시 자신의 미래를 의심할 수밖에 없었다.

실패를 어떻게 극복했는가?

그러나 오프라 윈프리는 이러한 실패와 고난에 좌절하지 않았다. 오히려 그녀는 자신의 고통을 마주하고, 그것을 이야기함으로써 극복하기로 결심했다. 방송계에서 해고된 이후에도 그녀는 말하기의 힘을 믿고, 자신만의 방식으로 청중에게 다가갔다. 자신의 상처와 아픔을 솔직하게 이야기함으로써, 사람들과 진정으로 공감하고 소통하는 법을 배웠다.

그녀는 자신의 실패를 숨기지 않고 오히려 그것을 자신의 가장 강력한 무기로 만들었다. 과거의 고통스러운 경험을 털어놓으면서, 오프라는 수많은 청중에게 힘과 용기를 주었다. 그 과정에서 그녀는 자신이 겪은 모든 경험이 결코 헛되지 않았음을 깨닫게 되었다.

실패를 극복한 도구

오프라 윈프리가 실패를 극복하는 데 사용한 가장 강력한 도구는 말하기(Speaking)였다. 그녀는 자신의 이야기를 통해 사람들의 마음을 움직였고, 진솔한 대화의 힘으로 공감을 얻었다. 하지만 그녀의 말하기는 단순히 순간적인 설득의 기술이 아니었다. 그것은 책 읽기와 글쓰기를 통해 내면의 깊은 성찰과 통찰을 쌓아 올린 결과였다.

오프라는 책을 읽으며 지식과 관점을 넓혔고, 글을 쓰며 자신의 생각과 감정을 정리했다. 그녀가 전하는 이야기는 단순한 성공담이 아니라, 그 과정에서 겪은 상처와 실패, 그리고 이를 극복하는 방법을 담고 있었다. 책을 통해 배운 통찰과 글쓰기를 통해 다듬어진 언어는 그녀의 말하기를 더 강력하게 만들었다.

또한 오프라는 끊임없는 배움을 통해 지식과 지혜를 쌓았다. 어릴 때부터 책을 좋아했던 그녀는 다양한 분야의 책을 읽으며 자신의 지식을 넓혀갔고, 이를 바탕으로 더 깊은 대화를 이끌어낼 수 있었다. 말하기와 독서의 조합은 그녀를 단순한 진행자가 아닌, 삶의 교훈을 전달하는 철학자와 같은 존재로 만들어주었다.

오프라가 자신의 토크쇼에서 진행했던 '북클럽'은 바로 이 독서에 대한 그녀의 열정을 반영한 것이었다. 그녀는 방송을 통해 독서의 중요성을 전파했고, 그 결과 수백만 명의 시청자가 책을 읽고 자신을 발전시키는 데 동참하게 되었다.

그 이후의 변화

이러한 노력과 열정으로 오프라는 마침내 성공의 문을 열었다. 그녀의 토크쇼, 『The Oprah Winfrey Show』는 미국뿐만 아니라 전 세계적으로 엄청난 인기를 끌게 되었다. 단순한 토크쇼 진행자를 넘어, 그녀는 책, 건강, 정신적 성장, 사회적 이슈 등에 대해 깊이 있는 이야기를 나누며 사람들의 삶에 긍정적인 영향을 끼쳤다.

그녀는 방송뿐 아니라 출판, 영화, 자선 활동 등 다양한 분야에서 영향력을 발휘했고, 이를 통해 막대한 부를 쌓았다. 하지만 그녀에게 가장 큰 성공은 단순한 물질적인 것이 아니었다. 자신의 이야기를 통해 수많은 사람에게 영감을 주고, 그들이 자신을 사랑하고 성장할 수 있도록 도와주는 것이었다.

결론적으로 오프라 윈프리의 이야기는 자신의 아픔을 말하고, 그 과정에서 배운 지혜를 공유함으로써 진정한 성공을 이뤄낸 과정이다. 그녀의 실패는 오히려 그녀를 더 강하게 만들었고, 결국에는 자신만의 독특한 목소리를 찾아 세상에 큰 울림을 전했다. 그녀는 우리에게 '자신의 이야기를 말하는 것'이 얼마나 큰 힘을 가질 수 있는지를 보여준다.

오프라 윈프리는 이렇게 말했다. "당신이 자신의 이야기를 말하지 않는다면 세상은 당신을 잊을 것입니다". 그녀는 자신의 이야기를 통해 실패를 극복했고, 그 이야기가 전 세계 수백만 명의 사람들에게 영감을 주었다.

오프라의 이야기는 단순한 성공담이 아니라, 자신의 아픔과 실패를 마주하는 용기가 얼마나 중요한지를 일깨워준다. 그녀가 경험한 모든 고난은 오히려 그녀를 더 깊고 진솔한 사람으로 만들었고, 그 덕분에 그녀는 전 세계인의 마음을 움직일 수 있었다.

미래를 설계하는 혁신가, 일론 머스크(Elon Musk)

실패한 일

오늘날 일론 머스크는 테슬라(Tesla)와 스페이스X(SpaceX)의 성공으로 '미래를 설계하는 혁신가'로 알려져 있지만, 그의 여정 역시 수많은 실패와 역경으로 가득했다. 2008년은 머스크에게 가장 힘든 해였다. 스페이스X는 로켓 발사에 세 번 연속 실패했고, 테슬라는 심각한 자금난에 빠져 파산 직전까지 갔다. 당시 그는 개인적으로도 거의 파산 상태에 이르렀으며, 모든 것을 잃을 위기에 처했다.

머스크는 자신이 설립한 페이팔(PayPal)로 성공을 거둔 후 억만장자가 되었지만, 그 모든 자금을 테슬라와 스페이스X에 투자하면서 모든 것을 걸었다. 그러나 스페이스X의 로켓 발사 실패와 테슬라의 생산 문제로 인해 그의 꿈은 실현 불가능해 보였다. 당시 그의 주변 사람들은 그에게 포기하라고 조언했고, 언론은 그를 실패한 사업가로 몰아갔다.

실패를 어떻게 극복했는가?

그러나 일론 머스크는 이러한 실패 앞에서 포기하지 않았다. 그는 스페이스X의 세 번의 로켓 발사 실패에도 불구하고, 네 번째 시도를 준비했다. 이때 그는 실패 원인을 철저하게 분석하고 개선하는 데 모든 노력을 기울였다. 기술자들과 함께 밤을 새우며 문제를 해결했고, 모든 실패의 경험을 바탕으로 로켓의 설계와 발사 과정을 개선했다.

마찬가지로 테슬라의 경우에도 생산 지연과 자금난 문제를 해결하기 위해 그는 개인 자산을 털어넣으며 회사를 지탱했다. 그는 단순히 CEO의 자리에 앉아있는 것이 아니라, 직접 공장에 나가 생산 라인을 점검하고 문제를 해결했다. 머스크의 끈질긴 노력과 집념은 결국 테슬라와 스페이스X를 다시 궤도에 올려놓게 했다.

실패를 극복한 도구

일론 머스크가 실패를 극복하는 데 사용한 가장 강력한 도구는 끊임없는 배움과 자기계발(읽기와 기술 습득)이었다. 그는 어린 시절부터 광범위한 분야의 책을 읽으며 폭넓은 지식을 습득했다. 특히 로켓 공학에 대해서는 정식 교육을 받은 적이 없었지만, 독서를 통해 스스로 학습하고 전문가 수준의 지식을 쌓았다.

그는 문제를 만날 때마다 해당 분야의 책을 읽고 공부하면서 스스로 해결책을 찾아나갔다. 예를 들어, 스페이스X를 설립하기 전 머스크는 로켓 과학에 대해 전혀 알지 못했지만, 수많은 로켓 공학 서적을 읽으며 직접 기술을 습득했다. 이를 바탕으로 전문가들과 함께 실제 로켓을 설계하고 제작하는 데 적극적으로 참여할 수 있었다.

또한 머스크는 끊임없는 질문과 실험 정신을 통해 실패를 극복했다. 그는 실패를 단순히 좌절의 순간이 아니라, 학습의 기회로 여겼다. '문제를 해결하는 데 실패한다면 그 원인을 파악하고 개선하는 것이 중요하다'는 그의 철학은 그를 성공의 길로 이끌었다.

그 이후의 변화

2008년 말, 스페이스X는 마침내 네 번째 발사에서 성공을 거뒀다. 이는 민간 기업이 지구 궤도에 로켓을 쏘아 올린 첫 번째 사례가 되었으며, 스페이스X의 역사는 이때부터 완전히 바뀌었다. NASA는 스페이스X와의 계약을 체결했고, 그 결과 회사는 생존할 수 있는 자금과 기회를 확보하게 되었다.

한편, 테슬라는 2008년 금융위기의 어려움을 극복하고 새로운 투자자들을 유치하면서 생산을 안정화시켰다. 머스크의 끈질긴 노력과 혁신적인 전략은 테슬라를 세계적인 전기차 기업으로 성장시키는 원동력이 되었다. 현재 테슬라는 전 세계 전기차 시장을 선도하고 있으며, 스페이스X는 우주 탐사 분야에서 혁신을 주도하고 있다.

일론 머스크는 이제 스페이스X를 통해 화성 식민지화 프로젝트를 추진하고 있으며, 테슬라를 통해 지속 가능한 에너지의 미래를 이끌어가고 있다. 그의 비전은 단순히 한 기업의 성공을 넘어, 인류의 미래를 바꾸는 혁신을 추구하는 것으로 확장되었다.

결론적으로 일론 머스크의 이야기는 끊임없는 배움과 도전 정신이 실패를 극복하고 미래를 설계하는 데 얼마나 중요한지 보여준다. 그의 끈질긴 노력과 열정은 모든 실패를 이겨내고, 세상을 바꾸는 혁신을 만들어냈다.

그는 "실패는 옵션이다. 만약 우리가 실패하지 않는다면 우리는 충분히 혁신하지 않는 것이다."라고 말한다. 이 말처럼, 머스크는 실패를 두려워하지 않고 오히려 그것을 성공의 디딤돌로 삼았다.

독자들의 실천 사례와 변화

트리플 법칙을 통해 삶을 변화시키고 있는 사람들의 메시지를 여러분과 나누고자 한다. 이들의 이야기가 실패로 힘들어하는 여러분에게 작은 위로와 영감을 줄 수 있기를 바란다. 트리플 법칙은 단순히 실패를 극복하기 위한 도구에 그치지 않는다. 그것은 우리가 삶을 더 온전하고 행복하게 살아갈 수 있도록 돕는 하나의 길이다. 나 또한 이 법칙을 실천하며 깨달았다. 행복은 결국 온전한 자기 돌봄과 꾸준한 실천 속에서 피어나는 것이라는 사실을. 이곳에 담긴 메시지들은 단순한 성공담이 아니다. 각자가 실패 속에서 발견한 희망과 작은 성취의 기록이다. 이들의 이야기가 여러분에게 따뜻한 위로와 새로운 도전의 시작점이 되길 진심으로 소망한다. (구륜은 나의 블로그 필명이다.)

30대 직장인 김 모 씨의 변화

"트리플 법칙을 만나고 매일 10분씩 책을 읽는 습관을 들였습니다. 어느새 제 지식이 늘어나고, 동료들과의 대화에서도 깊이가 생겼습니다. 덕분에 최근 팀 리더로 승진하게 되었습니다."

20대 대학생 이 모 씨의 경험

"트리플 법칙을 접하고 글쓰기를 통해 제 생각을 정리하기 시작했습니다. 처음엔 막막했지만, 점차 제 목표와 진로가 명확해졌고, 꿈에 한 발짝 더 다가갈 수 있었습니다."

40대 자영업자 박 모 씨의 도전

"구룬 님을 만나고 나서 온라인 마케팅을 배우기 시작했습니다. 그 결과, 코로나로 인한 위기 속에서도 온라인 판매를 통해 매출을 두 배로 올릴 수 있었습니다."

50대 주부 최 모 씨의 성장

"트리플 법칙 중 달리기를 실천하면서 건강을 회복했을 뿐 아니라, 가족들에게 더 활기차고 긍정적인 에너지를 전해줄 수 있었습니다. 이 경험을 통해 인생의 새로운 목표를 찾게 되었어요."

30대 신입사원 윤 모 씨의 깨달음

"구룬 님을 만난 이후, '실패는 과정의 일부'라는 생각을 받아들이게 되었습니다. 그 덕분에 더 자신감 있게 업무에 임하고 있으며, 실수에 연연하지 않고 앞으로 나아갈 수 있게 되었습니다."

40대 사업가 이 모 씨의 재기

"트리플 법칙을 만나고 매일 조금씩 배우고 실천한 결과, 다시 사업을 일으킬 수 있었습니다. 지금은 실패가 오히려 제게 큰 자산이 되었음을 느끼고 있습니다."

20대 취준생 정 모 씨의 희망

"구룬 님을 만나고 글쓰기를 통해 제 자신을 되돌아보게 되었습니다. 자기소개서도 새롭게 작성하고, 긍정적인 마인드로 면접에 임한 덕분에 드디어 원하는 회사에 취업할 수 있었습니다."

30대 개발자 고 모 씨의 습관 형성

"트리플 법칙 중 읽기를 실천하면서 기술 서적을 꾸준히 읽었습니다. 덕분에 업무 능력이 향상되고, 최근에는 회사 내 프로젝트 리더로 발탁되었습니다."

20대 유학생 임 모 씨의 적응

"구륜 님을 만나고 나서 매일 아침 5분씩 달리기를 시작했습니다. 그 결과 체력도 좋아지고, 마음도 더 긍정적으로 변하며 학업 성적도 향상되었습니다."

40대 회사원 백 모 씨의 자신감 회복

"트리플 법칙을 통해 매일 글을 쓰며 생각을 정리하고, 지금은 자신의 의견을 당당히 표현할 수 있게 되었습니다. 이제는 직장에서도 더 활발하게 소통하며 자신감을 회복했습니다."

에필로그

당신도
우아한 실패자가
될 수 있다

"당신의 역사는 지금 이 순간부터 시작이다."

-『우아한 실패자』 지은이 구재윤

지금 이 순간,
트리플 법칙을 시작하라

이 책을 읽고 있는 당신에게, 지금 이 순간 진심으로 말하고 싶습니다. 실패는 끝이 아닙니다. 오히려 실패는 우리가 앞으로 나아갈 수 있는 힘을 얻는 가장 강력한 도구입니다. 그동안 수많은 실패를 겪어온 저, 구륜 역시 좌절과 아픔 속에서 헤맸지만, 결국 저를 일으켜 세운 것은 '트리플 법칙'이었습니다.

그 법칙은 제가 어둠 속에서 빛을 찾는 가장 확실한 길이 되어주었고, 마침내 새로운 시작을 할 수 있게 도와주었습니다. 지금 당신도 그 빛을 발견할 준비가 되어 있다고 믿습니다.

당신의 삶을 변화시키기 위해 필요한 것은 거창한 결심이 아닙니다. 단 10분의 읽기, 짧은 한 줄의 글쓰기, 그리고 5분의 달리기부터 시작하세요. 그 작은 행동 하나하나가 당신의 삶을 어떻게 바꿔놓을지 상상해 보셨나요? 그것은 대단히 작은 한 걸음일지 모르지만, 그 작은 걸음이 모여 당신의 삶을 완전히 바꿔놓을 수 있다는 것을 잊지 마세요.

제가 그랬듯이 당신도 그렇게 시작할 수 있습니다. 하루 10분을 투자하는 그 작은 노력은 어느새 저의 일상이 되었고, 그 일상이 결국 저를 지금의 자리로 이끌어주었습니다. 작은 변화가 일으키는 큰 파동을 믿어보세요. 바로 그곳에 당신의 미래가 있습니다.

혹시 지금 당신이 실패로 인해 좌절하고 있다면, 그 고통이 너무 커서 모든 것이 끝난 것처럼 느껴진다면, 그것은 오히려 새로운 시작을 위한 준비 단계일지도 모릅니다. 실패는 우리에게 변화의 기회를 제공합니다. 그것은 당신의 삶에 변화가 다가오고 있다는 가장 강력한 신호입니다.

트리플 법칙을 통해 그 변화의 문을 열어보세요. 한 걸음 한 걸음이 쌓여갈 때, 당신은 그 안에서 점점 더 단단하고 강해질 것입니다. 그 길을 걷는 동안, 당신은 지금의 자신이 상상도 못 했을 만큼 성장해 있는 모습을 발견하게 될 것입니다.

지금 시작하는 그 작은 변화가 당신의 인생에 얼마나 큰 파장을 일으킬지 상상해 보세요. 제가 그랬듯이, 당신도 분명히 느낄 수 있을 것입니다. 매일의 작은 실천이 당신을 점차 더 나은 방향으로 이끌어줄 것입니다. 당신이 지금 내딛는 그 작은 걸음이, 미래의 당신에게 얼마나 큰 선물이 될지 모릅니다. 용기를 내어 오늘 시작하세요. 그 첫걸음은 작지만, 그 걸음은 곧 당신을 더 크고 놀라운 길로 이끌어줄 것입니다.

트리플 법칙을 시작하는 당신의 첫날이, 어쩌면 당신 인생에서 가장 중요한 날이 될 수 있습니다. 그 작은 변화가 어느 날 당신의 가장 큰 자산이 되고, 가장 큰 자부심으로 남게 될 것입니다. 그러니 주저하지 말고, 지금 이 순간 당신의 인생을 바꿀 그 첫걸음을 내딛으세요.

읽고, 쓰고,
달리면 인생은 달라진다

트리플 법칙은 단순한 습관이 아닙니다. 그것은 나 자신을 돌아보고, 성장하고, 꿈을 이루어가는 강력한 도구입니다. 독서를 통해 세상의 지혜를 얻고, 글쓰기를 통해 나의 생각을 정리하며, 달리기를 통해 삶의 활력을 되찾으세요. 그러면 어느새 당신은 실패를 넘어선 새로운 자신을 발견하게 될 것입니다.

읽기는 당신에게 지혜를, 글쓰기는 자신을 발견하는 힘을, 그리고 달리기는 끝까지 나아갈 수 있는 의지를 줄 것입니다. 삶의 변화는 순간적인 성취가 아니라, 꾸준함에서 온다는 것을 기억하세요. 작은 한 걸음이 쌓여 큰 변화로 이어지고, 그 변화가 결국 당신을 성공으로 이끌 것입니다.

매일 읽는 한 문장, 쓰는 한 단락, 그리고 달리는 그 몇 분의 시간이 쌓여 당신의 인생을 완전히 바꿀 것입니다. 어떤 큰 성취도 처음에는 작은 씨앗에서 시작됩니다. 이 책을 덮는 순간, 당신은 그 씨앗을 심을 준비가 된 것입니다. 트리플 법칙을 통해 당신이 꿈꾸는 성공의 나무를 키워나가길 바랍니다.

하지만 이 모든 것은 저절로 이루어지지 않습니다. 이것은 당신이 선택한 결과입니다. 마치 신비한 마법처럼 한순간에 인생이 극적으로 변하지는 않을 것입니다. 드라마틱하게, 혹은 로또에 당첨되는 것처럼 순식간에 탁 하고 바뀌는 일은 없을 것입니다.

변화는 서서히, 그러나 확실하게 다가옵니다. 한 번에 큰 도약을 꿈꾸는 것이 아니라, 매일매일 당신이 선택한 작은 변화들이 모여 결국 거대한 변화를 이루게 되는 것입니다. 진정한 변화는 그 느리지만 꾸준한 걸음에서 시작됩니다. 하루하루 쌓여가는 작은 노력이 당신의 내면을 단단하게 만들어주고, 실패를 두려워하지 않는 힘을 길러줍니다.

그 힘은 당신이 직면할 모든 어려움을 뚫고 나아갈 수 있는 용기의 원천이 될 것입니다. 내면이 단단해진다는 것은 외부의 어떤 시련과 어려움이 다가와도 쉽게 흔들리지 않는 자신을 갖게 되는 것입니다. 그리고 그 용기는 당신을 성공으로 이끄는 가장 중요한 힘이 될 것입니다.

트리플 법칙을 선택하는 것은 결국 당신이 스스로를 단단하게 만들겠다는 결심입니다. 매일의 작은 선택들이 쌓여, 언젠가는 누구도 흔들 수 없는 당신만의 강인함이 될 것입니다. 그러니 오늘, 지금 이 순간 당신이 내딛는 작은 한 걸음이 얼마나 큰 의미를 가지는지 잊지 마세요. 그 작은 선택이 당신을 꿈꾸는 곳으로 데려다줄 것이고, 그 선택이 모여 결국 당신의 인생을 완전히 바꿀 것입니다.

이제 선택은 당신의 몫입니다. 그저 한 번의 선택으로 끝나지 않습니다. 매일의 작은 선택을 통해 당신은 더욱 단단해지고, 더욱 강해질 것입니다. 그리고 그 선택을 반복하는 과정에서, 어느새 당신은 자신도 놀

랄 만큼 변화한 모습을 발견하게 될 것입니다. 세상이 바뀌는 것은 아니지만, 당신이 세상을 바라보는 시각이 바뀌고, 어떤 어려움이 와도 극복할 수 있는 힘을 얻게 될 것입니다.

결국, 당신의 인생은 그 선택의 연속으로 이루어집니다. 선택하는 순간마다 당신의 내면은 조금씩 더 단단해지고, 더 강해집니다. 그리고 언젠가 당신은 깨닫게 될 것입니다. 당신이 매일 선택한 그 작은 걸음들이 결국 인생을 바꿨다는 것을 말입니다.

저는 당신의 이야기를 듣고 싶습니다

이제, 이 책은 당신의 손에서 마무리됩니다. 하지만 진짜 이야기는 지금부터 시작됩니다. 이 책은 제가 실패와 시련을 통해 얻은 깨달음을 담은 기록이지만, 이제는 당신의 이야기가 이어질 차례입니다. 저는 수많은 실패를 겪으며 배웠습니다. 실패는 우리를 무너뜨리는 것이 아니라, 더 강해질 수 있는 가능성을 알려주는 스승이라는 것을요. 이 책을 통해 제 경험과 이야기가 여러분에게 조금이라도 힘과 위로가 되었다면, 그것만으로도 이 책의 목적은 충분히 이루어진 셈입니다.

하지만 우리의 이야기는 여기서 끝나지 않습니다. 저는 당신의 이야기를 듣고 싶습니다. 당신의 실패와 성공, 도전과 성장 이야기를 저와 나누어 주세요. 블로그나 이메일로 당신의 이야기를 보내주시면 그것이 '우아한 실패자 2'를 함께 만들어가는 출발점이 될 것입니다. 여러분의 이야기는 단순히 실패를 넘어, 삶의 본질을 깨닫는 과정에서 발견한 소중한 교훈이 될 것입니다. 또한 그것은 누군가에게는 새로운 시작을 알리는 불씨가 되고, 더 많은 사람들에게 용기를 줄 것입니다.

이 책을 집필하며 깨달은 한 가지는, 실패를 감추지 않고 드러낼 때 비로소 그 실패를 넘어설 수 있는 힘을 얻는다는 점입니다. 오프라 윈프리가 그녀의 아픔을 세상에 드러내고 수많은 이들에게 희망과 위로를 전했던 것처럼, 여러분의 이야기도 누군가에게 빛이 될 수 있습니다. 트리플 법칙은 단순히 실패를 극복하는 도구가 아닙니다. 그것은 우리가 삶을 더 온전하고 행복하게 살아갈 수 있는 하나의 길입니다. 저 역시 이 법칙을 실천하며 비로소 깨달았습니다. 행복은 온전한 자기 돌봄과 꾸준한 실천 속에서 피어난다는 것을요.

여러분에게 한 가지 부탁드립니다. 여러분의 실패와 성공 이야기를 들려주세요. 그것이 작은 깨달음이든, 큰 도전이든 상관없습니다. 블로그나 이메일로 보내주신 이야기는 제가 진심으로 읽고 공감하며, 여러분의 이야기로 '우아한 실패자 2'를 함께 집필하고 싶습니다. **여러분의 이야기는 세상에 울려 퍼질 충분한 가치가 있습니다.** 당신이 꺼내는 한마디가 누군가에게는 용기와 희망이 될 것입니다. 아픔을 드러내고, 그것을 성장의 밑거름으로 삼아, 우리는 함께 더 나은 삶을 만들어갈 수 있습니다.

마지막으로, 여러분의 실패도 우아한 변신을 할 준비가 되어있습니다. 이제, 당신의 이야기를 시작하세요. 작은 한 걸음이 큰 변화를 만들어낼 것입니다. 제가 그 여정을 지켜보겠습니다. 여러분과 함께하겠습니다. 끝까지 읽어봐 주셔서 감사합니다.

블로그 주소: https://blog.naver.com/musicjjan

이메일 주소: musicjjan@naver.com

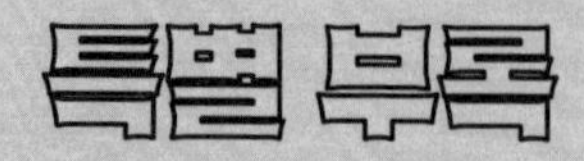

실패 극복을 위한 참고 자료

책을 추천하기 전 당부의 글…

당신이 책을 통해 인생을 바꾸고 싶다면, 먼저 그 결심 자체가 인생을 바꾸는 첫걸음임을 인정해야 합니다. 제가 이 책을 통해 추천하는 리스트가 절대적이라고는 말할 수 없지만, 그 시작점이 되어주길 바랍니다. 만약 누군가 나에게 인생을 바꿀 만한 '인생 책'을 추천해 달라고 한다면 저는 분명히 이렇게 말할 것입니다. '그런 책은 없다. 진짜 인생 책은 지금 당신이 손에 들고 읽고 있는 그 책이다.'

책을 어떻게 읽어야 하는지 묻는다면 저는 단 한 가지를 강력히 권하고 싶습니다. '1년 차에는 무조건 100권의 책을 읽겠노라 다짐하라'. 이 방법이 단순해 보이지만 그 효과는 결코 단순하지 않습니다. 사실 100권을 읽기 전까지는 어떤 특별한 일이 일어나지 않을지도 모릅니다. 그러나 그 이후부터는 그야말로 미친 성장 속도로 자신이 발전하고 있음을 스스로 느끼게 될 것입니다.

2년 차에는 200권의 책을 목표로 삼아보세요. 그리고 3년 차에는 300권, 즉 하루에 한 권씩 읽어보겠다는 결심을 해보시길 바랍니다. 물론 이 목표를 달성하지 못한다고 해도 괜찮습니다. 중요한 것은 그 과정입니다. 그 과정에서 500권의 책이 당신의 머릿속에 쌓여가고, 그 지식과 통찰이 쌓여가는 동안 당신의 삶은 분명히 변화할 것입니다. 저는 이 부분에 있어서는 확신을 가지고 말할 수 있습니다.

그래서 이 책의 추천 리스트는 1년 차, 2년 차, 3년 차로 구분해 보았습니다. 그러나 이 구분이 경계가 되어서는 안 됩니다. 만약 당신이 1년 차에 2년 차의 책을 읽고 싶다면 얼마든지 그렇게 하세요. 중요한 건 1년 차에는 무엇보다도 '다독(多讀)'을 목표로 하는 것입니다. 그리고 그 과정에서 제가 드린 이 조언이 왜 중요한지, 책이 왜 우리의 삶을 바꾸는 강력한 도구인지, 직접 깨닫게 될 것입니다.

이제, 책의 세상에 푹 빠져보세요.

그 속에서 당신만의 인생 책을 찾아가길 바랍니다.

실패를 성공으로 바꿔준 책 리스트

 1년 차: 탐험가의 첫걸음(초보자 단계)

추천 도서 목록 (20권)

데일 카네기–『인간관계론』

관계의 중요성과 인간관계의 기본을 다루는 필독서.

찰스 두히그–『습관의 힘』

습관의 원리와 변화를 위한 과정을 알려줍니다.

제임스 클리어–『아주 작은 습관의 힘』

작은 습관이 삶을 어떻게 바꿀 수 있는지 제시합니다.

로버트 키요사키–『부자 아빠 가난한 아빠』

재무적인 사고방식과 돈의 개념을 이해하는 데 도움이 됩니다.

스티븐 코비–『성공하는 사람들의 7가지 습관』

자기계발 분야의 고전, 성공을 위한 습관을 배울 수 있습니다.

윤태호–『미생 1권』

대한민국 사회생활의 현실을 담은 만화로, 조직 생활에 대한 이해를 돕습니다.

고도원–『고도원의 아침편지』

매일의 삶에 긍정적인 메시지를 전하는 대한민국 대표 힐링 도서.

스티븐 R. 코비–『최우선에 집중하라』

시간 관리와 우선순위의 중요성을 알려주는 책.

사이먼 시넥–『왜 일을 하는가?』

일의 목적과 삶의 이유를 찾는 데 도움이 되는 책.

김수영–『멈추지 마, 다시 꿈부터 써봐』

실패와 좌절을 이겨내고 꿈을 찾아가는 여정을 담은 자전적 이야기.

에크하르트 톨레–『지금 이 순간을 살아라』

현재의 순간에 집중하는 법을 알려주는 심오한 인사이트.

고영성–『생각하는 힘, 지식보다 중요한 기술』

논리적 사고와 문제 해결력을 키워주는 대한민국 저자의 도서.

그렉 맥커운–『에센셜리즘』

무엇이 중요한지, 어떻게 삶을 단순화할 수 있는지 다룹니다.

조정래–『돈의 흐름을 알면 돈이 보인다』

돈과 경제의 흐름을 쉽게 풀어낸 대한민국 저자의 책.

박웅현–『여덟 단어』

대한민국의 대표 카피라이터가 전하는 삶을 바꾸는 여덟 가지 단어.

제임스 앨트처–『아이디어가 당신을 부자로 만든다』

아이디어를 통해 삶을 개척하는 방법을 알려줍니다.

마틴 셀리그만–『긍정심리학』

긍정적인 사고와 행복을 찾는 방법을 다룬 심리학서.

이시형–『공부의 달인, 호모 쿵푸스』

대한민국의 대표적인 뇌과학자가 전하는 학습과 성장의 비결.

브레네 브라운–『용기 내어 사는 법』

취약성을 인정하고 용기를 내어 살아가는 방법을 제시합니다.

2년 차: 개척자의 여정(중급자 단계)

추천 도서 목록 (20권)

레이 달리오-『원칙』

인생과 비즈니스에서의 원칙을 세우는 방법을 알려주는 책.

벤저민 그레이엄-『현명한 투자자』

투자와 자산 관리에 대한 깊이 있는 지식을 얻을 수 있습니다.

김미경-『언니의 독설』

한국에서 성공하기 위한 도전과 성장에 대한 이야기를 전합니다.

애덤 그랜트-『오리지널스』

창의적인 생각과 혁신을 어떻게 실현할 수 있는지 알려주는 책.

한비야-『그곳에 나를 발견하다』

한비야의 이야기를 통해 영감을 얻을 수 있습니다.

김난도-『아프니까 청춘이다』

청춘의 성장과 도전에 대한 대한민국 대표 자기계발 도서.

로버트 치알디니-『설득의 심리학』

인간 심리를 이해하고 설득의 기술을 배울 수 있는 책.

에이미 C. 에드먼드슨–『심리적 안전』

조직과 팀에서 안전한 환경을 구축하는 방법에 대해 알려줍니다.

조던 피터슨–『12가지 인생의 법칙』

삶을 살아가며 갖추어야 할 기본적인 원칙을 제시하는 책.

고두현–『시 읽는 CEO』

시를 통해 삶과 경영의 지혜를 발견하는 대한민국 도서.

제임스 M. 랜디–『행동의 힘』

변화의 원동력이 되는 행동에 대한 통찰을 제공합니다.

윤여준–『사람을 읽는 기술』

대한민국 대표 정치인의 경험을 통해 사람을 이해하는 기술을 배울 수 있습니다.

애덤 스미스–『국부론』

경제학의 기본 원리를 이해하고 싶은 분들에게 필수적인 고전.

그랜트 카돈–『10배의 법칙』

장기적인 성공을 위한 전략과 성장에 대해 배웁니다.

최재천–『통섭의 식탁』

과학적 사고와 일상생활을 연결하는 흥미로운 대한민국 책.

칼 뉴포트–『딥 워크』

집중력과 생산성을 높여 뛰어난 전문가로 성장하는 법.

최윤식–『2025 한국의 미래 시나리오』

대한민국 미래를 준비하고 예측하는 데 도움이 되는 책.

모티마 이니엄–『파괴적 혁신』

조직과 개인이 혁신을 이루기 위해 필요한 전략을 알려줍니다.

유시민–『나의 한국현대사』

대한민국의 현대사를 통해 통찰력을 얻을 수 있는 도서.

김정운–『남자의 물건』

심리학자가 전하는 일상 속에서 발견하는 행복의 단서들.

3년 차: 창조자의 단계(상급자 단계)

추천 도서 목록 (20권)

프리드리히 니체–『차라투스트라는 이렇게 말했다』

인간의 본성과 삶의 의미에 대한 깊이 있는 통찰을 담고 있는 철학서로, 스스로의 가치와 삶을 돌아볼 수 있는 책입니다.

조던 피터슨–『12가지 인생의 법칙 2: 혼돈 속의 질서』

복잡한 삶 속에서 질서와 원칙을 찾아가는 법을 알려줍니다.

로버트 그린–『마스터리의 법칙』

자신의 분야에서 탁월한 능력을 갖추고 싶은 이들에게 필요한 통찰과 지혜를 담고 있습니다.

유발 하라리–『사피엔스』

인류의 역사와 발전 과정을 통해 우리의 삶을 재정립하고 미래를 바라보게 해주는 책입니다.

유홍준–『나의 문화유산답사기』

대한민국의 역사와 문화에 대한 깊이 있는 이해를 통해 우리 사회와 자신의 뿌리를 되돌아보게 합니다.

알랭 드 보통-『불안』

현대인의 불안과 그 해결책에 대한 철학적인 접근을 담고 있는 책입니다.

스티븐 핑커-『우리 본성의 선한 천사』

인류의 진화와 본성에 대한 심오한 통찰을 제시하며, 인간의 선함을 발견할 수 있도록 도와줍니다.

황석영-『개밥바라기별』

한국 현대사의 중요한 순간들을 문학적으로 풀어낸 작품으로, 우리의 사회와 삶을 되돌아보게 합니다.

존 스튜어트 밀-『자유론』

개인의 자유와 선택에 대한 철학적 이해를 높일 수 있는 고전.

최진석-『탁월한 사유의 시선』

대한민국의 대표 철학자가 전하는 삶의 지혜와 깊은 사유의 세계를 만날 수 있습니다.

강원국-『대통령의 글쓰기』

글쓰기의 힘과 중요성을 강조하는 이 책은, 자신의 생각을 명확하게 표현하는 능력을 키워줍니다.

로버트 그린-『48법칙』

인생에서의 권력과 영향력에 대한 현실적인 조언을 제공하는 책입니다.

정재승–『열두 발자국』

대한민국 대표 과학자가 전하는 과학과 일상의 만남, 그리고 우리의 삶을 이해하는 새로운 관점을 제공합니다.

김영하–『여행의 이유』

여행을 통해 삶을 돌아보고 새로운 관점을 얻을 수 있는 경험담을 담은 책입니다.

리처드 도킨스–『이기적 유전자』

진화생물학의 관점에서 인간의 본성과 삶의 방향을 이해하는 데 도움을 주는 책입니다.

칼 융–『꿈의 해석』

인간 심리의 깊은 부분을 탐구하고 자신의 내면을 더 잘 이해할 수 있도록 도와줍니다.

허지웅–『살고 싶다는 농담』

대한민국 에세이 작가가 전하는 삶에 대한 진솔한 이야기를 통해 우리 삶의 의미를 찾아볼 수 있습니다.

클레이튼 크리스텐슨–『혁신 기업의 딜레마』

개인과 조직의 성장 과정에서 맞닥뜨리게 되는 문제와 그 해법을 제시합니다.

찰스 핸디 –『코끼리와 벼룩』

개인이 조직을 넘어 독립적으로 성장할 수 있는 방법에 대한 통찰을 담고 있습니다.

에크하르트 톨레–『지금 이 순간을 살아라』

현재에 집중하고 삶의 진정한 의미를 찾는 데 필요한 통찰을 전하는 책입니다.

실행력을 높여주는 도구와 플랫폼 5가지

1. 만다라트(Mandal-Art)

만다라트는 목표를 체계적으로 세우고, 이를 이루기 위해 필요한 세부 단계를 시각화하는 데 도움이 되는 도구입니다. 9x9의 그리드를 통해 전체적인 목표와 그에 필요한 세부 목표를 나누어 생각하는 방식으로 이루어집니다.

1) 사용 사례: 오타니 쇼헤이 (일본 프로 야구 선수)

오타니 쇼헤이는 어린 시절부터 만다라트를 활용해 자신의 목표를 체계적으로 설정했습니다. 특히 그가 만다라트를 사용하여 작성한 목표에는 구체적인 운동 계획, 기술 향상 전략, 멘탈 관리 등이 포함되어 있었습니다. 이러한 체계적인 훈련과 노력의 결과로, 그는 일본 프로 야구 리그뿐 아니라 미국 메이저리그에서도 뛰어난 성과를 거두는 세계적인 선수로 성장할 수 있었습니다.

2) 활용 방법:

만다라트 도구를 사용하여 당신의 1년, 3년, 5년 목표를 세분화해 보세요. 이를 통해 큰 목표를 작은 단계로 나누어 실천할 수 있게 됩니다.

2. 트렐로(Trello)

트렐로는 프로젝트 관리와 목표 달성을 위한 도구로, 할 일 목록과 진행 상황을 체계적으로 관리하는 데 효과적입니다. 카드와 보드 기능을 통해 계획을 시각적으로 구성할 수 있어, 업무와 목표를 쉽게 파악할 수 있습니다.

1) 사용 사례: 스콧 벨스키 (Behance 설립자)

스콧 벨스키는 자신의 스타트업 프로젝트를 관리할 때 트렐로를 활용했습니다. 그는 프로젝트를 진행하는 동안 수많은 아이디어와 할 일 목록을 체계적으로 정리하고, 팀원들과 협업을 효율적으로 이끌어 나갔습니다. 이를 통해 Behance는 창의적인 프로젝트를 공유하는 대표적인 플랫폼으로 성장하게 되었습니다.

2) 활용 방법:

트렐로를 통해 '읽기', '쓰기', '달리기'의 목표와 진행 상황을 관리하고, 매일 실천해야 할 일들을 카드에 작성하여 성취감을 느껴보세요.

3. 포모도로 기법(Pomodoro Technique)

포모도로 기법은 25분간 집중하고 5분간 휴식하는 방식으로 생산성을 높이는 도구입니다. 간단한 타이머만 있으면 시작할 수 있으며, 집중력 향상과 시간 관리에 효과적입니다.

1) 사용 사례: 크리스 베일리 (생산성 전문가)

크리스 베일리는 생산성을 연구하는 과정에서 포모도로 기법을 활용하여 집중력과 효율성을 높이는 방법을 발견했습니다. 이 기법을 사용하면서 그는 생산성에 관한 여러 프로젝트를 완수했고, 나아가 '생산성 프로젝트'라는 베스트셀러 도서를 출간할 수 있었습니다.

2) 활용 방법:

읽기, 쓰기, 달리기 중 하나를 선택하고 포모 도로 기법을 적용해 보세요. 25분간 한 가지 활동에만 집중한 후 5분간 휴식하면 꾸준한 습관을 형성하는 데 큰 도움이 될 것입니다.

4. 노션(Notion)

노션은 문서 작성, 데이터베이스, 프로젝트 관리 등 다양한 기능을 제공하는 올인원 생산성 도구입니다. 읽기, 쓰기, 달리기를 통합적으로 관리할 수 있어, 목표를 달성하고 성과를 추적하는 데 탁월합니다.

1) 사용 사례: 비즈니스 전략가 티아구 포르테(Tiago Forte)

티아구 포르테는 노션을 활용해 업무 관리와 지식 축적에 뛰어난 성과를 거두었습니다. 그는 노션을 통해 자신의 업무와 목표를 체계적으로 관리하면서 '디지털 생산성' 분야에서 권위자로 인정받고 있습니다. 이 도구를 통해 그는 자신의 업무 생산성을 크게 향상시켰으며, 다양한 프로젝트를 성공적으로 이끌어냈습니다.

2) 활용 방법:

노션에 읽기 목록을 정리하고, 글쓰기 습작을 기록하며, 달리기 기록을 트래킹하세요. 목표 달성 과정을 시각적으로 확인할 수 있어 지속적인 동기부여에 도움이 됩니다.

5. 나이키 러닝 앱 (Nike Run Club) / 각종 러닝 앱

나이키 러닝 앱은 달리기를 즐기는 사람들을 위한 최고의 러닝 파트너로, 개인의 달리기 기록을 추적하고 운동 목표를 달성하는 데 도움을 줍니다. 달리기 거리, 속도, 시간 등의 데이터를 기록하며, 목표를 설정하고 성취할 수 있도록 도와줍니다.

1) 사용 사례: 케빈 하트(할리우드 코미디언 겸 배우)

케빈 하트는 나이키 러닝 앱을 활용해 달리기 훈련을 체계적으로 진행했습니다. 그는 이 앱을 통해 매일 달리기 목표를 설정하고 기록을 추적하며 꾸준히 달리는 습관을 형성했습니다. 이 과정을 통해 케빈 하트는 마라톤에 도전해 완주하는 성과를 거두었으며, 달리기를 통해 자신의 체력과 정신력을 강화할 수 있었습니다. 그는 달리기를 단순한 운동을 넘어 삶의 중요한 부분으로 받아들였고, 그 변화의 시작에 나이키 러닝 앱이 큰 역할을 했다고 밝혔습니다.

2) 활용 방법:

나이키 러닝 앱을 통해 달리기 목표를 설정하고 매일의 운동 기록을 확인하세요. 달리기 커뮤니티에 참여해 다른 사용자들과 함께 도전하고 성취감을 느낄 수 있습니다. 또한 오디오 가이드 기능을 통해 트레이너의 조언을 들으며 달리기 효율을 높일 수 있습니다.

감사합니다.

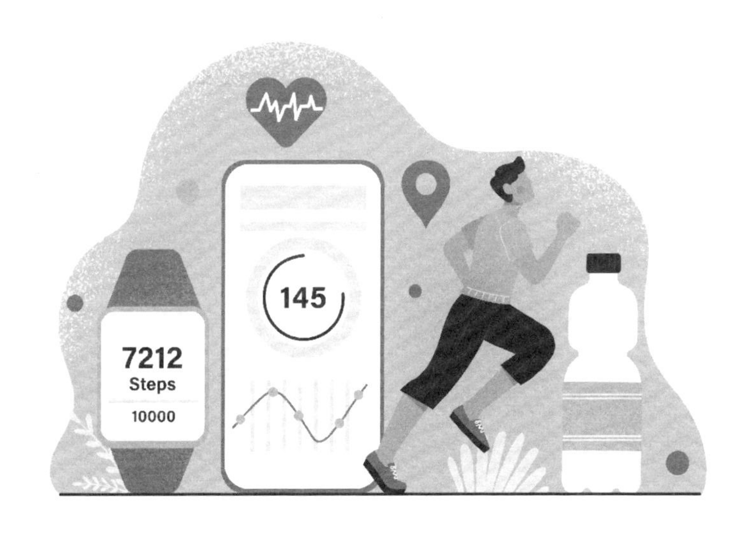
7212
Steps
10000
145

이 책을 덮기 전에 아래 문장을 10번 읽어보시길 바랍니다.

반드시 10번 읽어보시길 바랍니다.

당신은 지금까지 살면서 타인에게 충분히 좋은 사람이 되고자 노력했지만, 결과적으로는 자기 자신을 버리고 말았다. 당신은 자신의 자유를 희생하여 타인의 시선 속에 머물러 왔다. 당신은 아버지와 어머니, 선생님, 사랑하는 사람, 자녀, 종교, 그리고 이 사회를 위해 충분히 좋은 사람이 되고자 노력했다. 세월이 흐른 후 당신은 스스로에게도 좋은 사람이 되고자 노력해 보지만, 스스로에게 좋은 사람이 되지 못한다는 사실을 깨달을 뿐이다.

당신 자신을 삶의 우선순위 최상단에 올려놓아 보는 건 어떨까? 아마도 태어나서 처음으로 시도해 보는 일일 것이다. 그러기 위해서는 스스로를 사랑하는 법을 처음부터 배워야 한다. 조건 없이 자기 자신을 받아들이고, 실재하는 당신 자신에게 무조건적인 사랑을 실천해야 한다. 그리고 자신의 진정한 자아를 점점 더 사랑하는 연습을 해야 한다. 스스로를 무조건적으로 사랑할 때만이 당신은 당신의 삶을 통제하려는 외부 포식자의 손쉬운 먹잇감 신세에서 벗어나게 된다. 당신은 더 이상 다른 누군가를 위해 자신을 희생하지 않게 된다. 자신을 사랑하는 일도 연습을 통해 능통해질 수 있다. –『이 진리가 당신에게 닿기』를 중에 우리는 무수히 넘어지고 깨집니다. 저에게 울림을 주었던 이 질문이 이 책을 선택한 여러분에게도 큰 울림으로 다가오길 바랍니다. **삶은 의미를 찾는 것입니다. 그 의미의 정답은 여러분 스스로만 내릴 수 있습니다.**

"당신은 삶에 무엇을 기대했나?" - 스토너

Thanks to

보잘것없던 내가 책을 집필한다는 사실이 여전히 믿기지 않는다. 며칠 전, 어머니가 계신 고향 집에 방문했다. 책이 곧 출간될 거라는 소식을 전하니, 어머니께서 이렇게 말씀하셨다.

"어린 시절 글쓰기를 못 해서 내가 불러주는 문장을 겨우 받아 적던 네가, 책을 쓴다고?"

적잖이 놀라신 어머니의 표정이 지금도 떠오른다. 글쓰기와는 거리가 멀었던 내가 책을 낸다는 것이 놀라울 법도 하다.

나는 어머니께 웃으며 말했다.
"다 어머니 덕분이죠!"

그러자 어머니께서는 제일 먼저 책을 사시겠다고 하셨다. 비록 말로는 놀라셨다고 하셨지만, 아들이 제법 대견하게 느껴지셨나 보다. 인고의 세월을 견디며 살아오신 어머니가 요즘 더 보고 싶다. 이 지면을 빌려 감사의 마음과 사랑을 고백하고 싶다.

"어머니, 감사합니다. 정말 많이 사랑합니다."

또 한 분, 아니 두 분께도 감사의 마음을 전하고 싶다. 바로 누나와 매형이다. 내가 실패의 구렁텅이에서 방황하던 시절, 나를 붙잡아 주신 고마운 분들이다. 어린 시절 아버지의 학대를 함께 견디며 지혜롭게 성장한 하나뿐인 누나. 그리고 그런 누나를 사랑으로 아껴주시는 매형.

"두 분의 삶이 언제나 축복으로 가득하시길 진심으로 소망합니다."

책의 마침표를 찍기 위해 글을 쓰다 보니 어느덧 새벽 1시가 넘었다. 감사한 분들을 떠올리니, 너무 많아 모두를 나열하기 어려울 정도다. 이 또한 참 감사한 일이다. 한때는 감사할 것이 하나도 없던 삶이 어느새 감사함으로 가득 차게 되었으니 말이다.

먼저, 5년 전 글쓰기를 처음 알려주신 윤영준 대표님께 감사드립니다. 그리고 인생의 갈림길에서 올바른 방향으로 가야 한다고 알려주신 이수훈 대표님께도 깊은 감사를 드립니다. 책을 출간할 수 있다는 희망과 용기를 아낌없이 나눠주신 곽상빈 변호사님께도 진심 어린 감사를 전합니다.

마지막으로, 삶이 힘들 때마다 용기와 사랑으로 나를 일으켜 세워주신 HJ 님, 당신께도 감사의 인사를 드립니다.

이 책의 집필과 출판을 허락해주신 생각나눔 출판사 편집자님과 모든 임직원분들께도 진심으로 감사드립니다. 무엇보다, 이 책을 읽어주신 독자 여러분, 감사합니다.

여러분의 삶이 환희와 행복으로 가득 차기를 바랍니다.

2024년 12월 26일 새벽 1시
글 쓰는 다락방에서
구재윤 드림

우아한 실패를 위한 질문 노트

당신에게 실패란
어떤 의미인가요?

살아오면서 실패라고 느꼈던 순간이 있다면 언제였나요?

그 실패를 극복하기 위해
어떤 노력을 하셨나요?